Argent sale

LEE CHILD
KARIN SLAUGHTER

Argent sale

Traduit de l'anglais (États-Unis) par
ALEXIA VALEMBOIS

Harper
Collins
POCHE

Titre original :
CLEANING THE GOLD

Ce livre est publié avec l'aimable autorisation de HarperCollins Publishers, LLC, New York, U.S.A.

Will Trent est une marque déposée par Karin Slaughter Publishing LLC.

HARPERCOLLINS FRANCE

83-85, boulevard Vincent-Auriol, 75646 PARIS CEDEX 13
Tél. : 01 42 16 63 63

www.harpercollins.fr

ISBN 979-1-0339-0467-0

1

Assis face à une porte fermée, Will Trent écoutait ce qui se marmonnait dans le bureau d'à côté, à propos des deux arrestations pour conduite en état d'ébriété et autres détails qui faisaient tache sur son dossier de candidature. La conversation ne tournait pas à son avantage, semblait-il. Ça ne sentait pas bon. Will avait besoin de ce boulot. Sans lui, son véritable job tombait à l'eau.

Il s'essuya le front du revers de la manche. Dehors, la température avait déjà franchi le point d'ébullition. Dedans, ce n'était guère mieux. Il faisait une chaleur étouffante dans ce bâtiment officiel des années 1950 aux allures de caveau. Le plafond déjà bas s'affaissait encore davantage. Le placo était gonflé d'humidité. Il observa une goutte de transpiration rouler du bout de son nez pour s'écraser par terre.

Une rigole s'était creusée au beau milieu de la pièce sur le revêtement en lino martelé par les va-et-vient perpétuels des bottes militaires.

Will remua sur sa chaise. Ses vertèbres s'étaient transformées en colliers de serrage autobloquants qui lui comprimaient l'échine. Il avait les muscles des jambes tétanisés. Il y avait deux raisons à sa raideur. La première venait des adieux que lui avait faits sa copine, la nuit passée. Et ce matin encore, comme elle le déposait au bien nommé parc relais. La seconde, c'était parce que, l'heure entière qu'avait duré son vol entre Atlanta et Lexington, ses genoux n'avaient cessé de cogner contre le dossier du fauteuil devant lui et qu'il était resté coincé entre un petit gosse hurlant par désœuvrement et un senior souffrant de flatulences.

Des deux, une seule raison en valait la peine.

Il entendit une voix vociférer derrière la porte :

— Mais je n'en ai rien à foutre de ce que tu penses, Dave. C'était le colonel Stéphanie Lukather, la femme qui était responsable de la Réserve fédérale. Un poste de commandement assez important mais qu'en savait-il, au fond ? Il devait à Wikipedia et à *Goldfinger* l'essentiel de ses connaissances sur la réserve d'or des États-Unis.

Le dépôt jouxtait la base militaire de Fort Knox, à l'intersection de Bullion Boulevard et de Gold Vault Road. L'entrée principale était fermée par une porte de vingt tonnes au blindage antieffraction thermique et mécanique d'une cinquantaine de centimètres d'épaisseur. Près de 350 milliards de dollars y étaient stockés en métaux précieux. L'US Mint Police[1] assurait la protection des lieux et l'armée américaine assurait la protection des policiers. La chambre forte n'avait été ouverte qu'à une seule occasion : pour un audit des réserves, et cela remontait à septembre 1974.

Quelques années auparavant, en 1964, Pussy Galore avait sidéré toute la base avec son *Flying Circus*, et une bombe atomique placée dans la chambre forte avait été désamorcée 0,07 seconde avant l'explosion.

La porte s'ouvrit enfin.

Le major Dave Baldani lança à Will un regard narquois.

Un regard que Will connaissait bien. Celui du gentil qui s'apprête à remettre le méchant à sa place. Il s'en servait souvent, lui aussi, dans le cadre de son emploi principal, à savoir agent

1. Police US du Trésor et de la Monnaie. (Toutes les notes sont de la traductrice.)

spécial au Georgia Bureau of Investigation[1]. Mais Will n'était pas venu à Fort Knox avec sa casquette de flic. Il devait se faire passer pour un ancien capitaine de l'armée qui, de mauvais choix en mauvais choix, avait fini par se retrouver de l'autre côté du miroir, après deux périodes de service passées en Afghanistan.

Il avait une identité en béton, indémontable à moins d'être capable de craquer les bases de données du Pentagone. Jack Phineas Wolfe, démobilisé avec les honneurs en 2016. Deux CEI[2]. Des travaux d'intérêts généraux. De la probation. Divorcé. Sans enfant. Le compte à découvert. En dépassement du maximum autorisé sur ses cartes de crédit. Expulsé de son dernier domicile connu. Sa voiture saisie par la banque. À la recherche d'un emploi honnête ou s'en rapprochant.

— On se dépêche, les gars.

Toute menue, le colonel Lukather portait ses longs cheveux blonds relevés à la militaire. Un moulinet de la main vint souligner son impatience.

— Je vous attends.

Debout, Will devait baisser la tête. Il manquait une bonne cinquantaine de centimètres par

1. GBI ou Bureau des investigations de Géorgie.

2. Délit de conduite en état d'ivresse.

rapport à la hauteur normale d'un faux plafond. Les murs de lambris sombre avaient gondolé avec le temps. Un côté entier de la pièce était tapissé de classeurs à tiroirs verrouillés. Le bureau métallique réglementaire du colonel était appuyé contre le mur d'en face. Il n'y avait pas de fenêtre. L'air stagnait. On se serait cru dans un cercueil.

Le colonel Lukather pointa le plafond du doigt pour donner des explications :

— Le brichef voulait avoir une douche dans son bureau, à l'étage. La merde dégringole toujours sur ceux d'en bas. Pas besoin d'un Velux, Wolfe. Asseyez-vous.

Will prit l'une des chaises face à elle. Baldani resta debout à quelques centimètres de l'épaule de Will – encore un truc du gentil et du méchant.

— Eh bien, Wolfe, vous avez eu quelques ennuis depuis que vous avez quitté la maison, dit Lukather.

Ça ne sonnait pas comme une question. Will, du coup, se dispensa de répondre.

La main posée sur le dossier fermé devant elle, Lukather laissa planer un silence censé l'avoir à l'usure.

Will ne s'usa pas.

L'horloge au mur fit un *tac* dissonant.

Baldani laissa échapper un soupir de fumeur asthmatique.

— Dave, je crois que nous nous sommes dégoté un authentique Captain Jack, dit Lukather. (Elle ouvrit le dossier et fit mine d'en prendre connaissance.) Stationné à Tataouine. Cinquième de promo chez les cow-boys de Camp Mackall. Un gilet à ferblanteries ramené des antipodes. Le gagneur de galuches. Le briscard dans toute sa splendeur. T'as toujours été le plus couillu de la bande.

Will n'avait pas eu le temps de potasser l'argot militaire, il ne saisit donc pas grand-chose, à part la dernière partie, qui lui semblait correcte.

— Passons… (À la page suivante, Lukather suivit du doigt la liste de vérification des antécédents de Jack Wolfe.) Deux CEI. Divorce tout sauf paillard. Situation de crédit du même acabit. Qu'est-ce qui vous fait croire que je vais vous payer quinze dollars de l'heure, logé blanchi, pour avoir le privilège de vous voir bosser les jours qui viennent sur ma base ?

Will haussa une épaule, du même air d'allez-vous-faire-foutre qu'employaient les petites frappes qu'il interrogeait.

— C'est à vous de voir.

Baldani se balançait d'un pied sur l'autre, visiblement contrarié.

Jusqu'ici le nez fourré dans la paperasse, Lukather releva la tête. Elle reconnaissait sans doute à Will le mérite d'être honnête car elle ne lui demanda même pas de foutre le camp de son bureau.

— Vous savez de quel genre de taf il s'agit ?

— Service d'entretien ? (Will haussa à nouveau les épaules, dans le seul but de faire chier Baldani.) L'affectation parlait de nettoyage.

— Ce n'est pas trop votre genre de turbin, dit-elle. Et l'or, vous y connaissez quelque chose ?

Nouvel haussement d'épaule.

— Je ne cracherais pas dessus.

— C'est bon, là, sac à merde. (La colère de Baldani venait de déborder.) Surveille tes manières. Tu t'adresses à un colonel.

Will tourna à peine la tête, ignorant Baldini mais sans l'oublier non plus.

Baldani serra les poings, geste parfaitement stupide puisque, dès l'instant où il se serait mis en garde, Will pourrait lui décocher un coup à lui faire rentrer les burnes dans le trou de balle.

— Ça suffit, les gars.

Lukather referma le dossier de Jack Wolfe. Le choix du candidat était arrêté, mais elle ne jugea pas nécessaire de lui en faire part. À la place, elle dit :

— L'or est un élément chimique d'origine naturelle et de nombre atomique 79. Il est classé comme métal mou, ce qui veut dire qu'il se raye ou s'abîme facilement. La pellicule de graisse sur vos mains risque de ternir son éclat, et donc de lui faire perdre de sa valeur. Pour le manipuler, il est recommandé de porter des gants antistatiques en coton. Pour empêcher que l'humidité de votre souffle ou de votre salive n'y laisse des taches indélébiles, le port du masque est obligatoire.

Will attendait qu'elle poursuive.

— L'*executive order* 6102, signé par le président Franklin D. Roosevelt en 1933, déclara illégale la détention par des particuliers de pièces d'or, lingots d'or et certificats ou titres rattachés à de l'or, obligeant les citoyens qui en détenaient à les céder à la Réserve fédérale. En 1936, le département du Trésor commença à faire construire le Gold Vault, ou coffre d'or, et finit par transférer chez nous la plus grosse partie des réserves d'or à bord d'un convoi ferroviaire lourdement blindé. À l'heure actuelle, notre chambre forte souterraine sécurisée abrite plus de 147,3 millions d'onces troy[1] d'or, essentiellement sous la forme de lingots d'or de 12,4 kilos, d'une pureté titrant

1. Soit plus de 4 581 tonnes.

de 90 % à 99,9 %. L'autre partie de la réserve d'or des États-Unis est entreposée à West Point et à Denver.

Will réitéra son haussement d'épaule à la allez-vous-faire-foutre.

— Et alors ?

— Sur ordre du Congrès, une inspection annuelle des coffres est effectuée par le Bureau de l'inspecteur général du département du Trésor. Juste à vue de nez. S'il fallait vérifier dans l'inventaire que les numéros de série de tous les lingots d'or correspondent, cela prendrait des mois. C'est là où nous voulons en venir, capitaine Wolfe. Les lois de 1978 sur le cloisonnement de la gouvernance du Trésor, au paragraphe TS ultra 42-12, imposent que soit effectuée tous les dix ans une inspection manuelle intégrale. Nous arrivons à l'échéance de nos dix ans ; il ne nous reste que quelques jours et nous avons un homme à terre.

Will refoula son haussement d'épaule. Il se frotta la joue pour essayer de calmer l'ado en lui qui faisait des bonds façon cabri sous ecstasy. Certes il avait espéré que ce job d'infiltration le ferait pénétrer à l'intérieur de l'établissement, mais, là, c'était *à l'intérieur des coffres*. Avec *l'or*. On marchait sur les plates-bandes d'Oddjob.

Il lui fallait quelques éclaircissements.

— Vous voulez que je manipule l'or ?

— Vous n'êtes ni plus ni moins qu'un domestique, dit Baldani. Vous nettoyez l'or. C'est à la lettre ce que précise la loi. NLO. Nettoyage de l'or.

Lukather ajouta :

— Nous avons besoin de neuf mois exactement pour mener à bien l'inventaire complet. Il se trouve que pour l'instant je suis en avance sur le planning et c'est une très bonne chose. Nous travaillons 24 heures sur 24, 7 jours sur 7, de jour avec deux équipes de six, de nuit, de zéro-zéro à 8 heures, avec deux équipes de six de plus. Aucune équipe ne passe jamais plus de deux semaines à l'intérieur des coffres, sécurité oblige, et nous fonctionnons avec du personnel extérieur – d'anciens militaires, de préférence. Comme ça, personne ne cherche à trop se familiariser avec les allées et venues. Nous ne sommes franchement plus très loin de la ligne d'arrivée, comme je le disais, mais il manque un pion aux équipes de jour.

Will réfléchit à ce qu'elle venait de dire. Elle ne lui avait pas proposé le job à proprement parler mais elle lui avait divulgué des informations sur un programme ultra-confidentiel, ce qui revenait au même. Le moment aurait été mal choisi pour se montrer trop intéressé.

— Ça consiste en quoi, au juste ?

— Beaucoup d'huile de coude, répondit Baldani sur un ton suffisamment hargneux pour indiquer qu'à ses yeux Will ne serait certainement pas à la hauteur.

— Dave n'a pas tort, renchérit Lukather. Le job cesse de faire rêver au bout d'une demi-heure. Au-delà, ça devient un travail de forçat. Vous n'avez visiblement rien perdu de votre forme de combat, Wolfe. Vous avez peut-être oublié la brosse réglementaire, mais je vois malgré tout le soldat qui est en vous. (Elle recula dans son fauteuil, le jaugeant ouvertement.) Vous faites combien ? Un mètre quatre-vingt-quinze, quatre-vingt-quinze kilos ?

Will avait toujours mesuré un mètre quatre-vingt-cinq depuis la fin du lycée, mais il acquiesça.

— Dave pense que vous êtes un provocateur, mais moi je n'ai rien contre un soupçon de provocation. (Elle fit un grand sourire à Will.) En plus, le dernier gars que Dave a recommandé nous a laissés sur le carreau dès qu'il a fallu forcer. Vous n'êtes pas une de ces femmelettes, hein, capitaine ?

Will secoua la tête.

— Ce n'est pas mon genre de me dégonfler.

— Je veux bien vous croire, soldat. (Elle eut un éclat de rire, grave et rauque.) Baldani, incorporez-le. Finex, fin de l'exercice !

Baldani fit mine de vouloir contester mais Lukather n'était pas le genre de femme à se laisser contredire, et cela ne tenait pas qu'aux aigles qui ornaient ses épaulettes.

— Allez, connard, on y va, grommela Baldani.

Le « connard » valut à Baldani le privilège d'attendre que Will prenne tout son temps pour s'extirper de son fauteuil. Histoire de bien remuer le couteau dans la plaie, Will ne se priva pas de baisser exagérément la tête sous la faible hauteur de plafond, surtout pour souligner ses quelques dizaines de centimètres au-dessus de Baldani. Le major leva vers lui un regard teinté d'une colère singulière. La petite amie de Will appelait ça l'hystérie de l'homme petit, et elle savait de quoi elle parlait puisqu'elle-même était plus grande que Baldani.

Le major remonta le couloir en balançant ses bottes en avant plutôt qu'il ne marchait. Il était en forme pour un bedonnant, sans doute partageait-il son temps entre le bar et la salle de gym. Ses cheveux raides lui tombaient sur le crâne à la Beetle Bailey sans pour autant parvenir à dissimuler la calvitie naissante au sommet. Baldani surprit le regard de Will sur sa tonsure cramée par le soleil. Il feignit de vouloir en essuyer la transpiration et la couvrit de la main. Il jeta un regard à Will, puis en jeta un autre quand Will gloussa.

— Ne va pas t'imaginer que Lukather t'a à la bonne, fit remarquer Baldani. Elle écraserait le premier manche qui chercherait à lui pincer le nichon.

Will prit le parti de réellement le faire chier.

— Réaction plutôt normale, non ?

Dehors, les rayons du soleil faisaient sur son visage l'effet d'un rasoir. Will percevait des coups de feu au loin. Ensuite, il y eut une explosion. Puis encore des coups de feu, ce qui lui fit regretter de ne pas être armé et de ne pas avoir un truc à dégommer.

Ce n'était pas pour rien que Will était flic.

Baldani monta dans une Impala bleue au châssis moucheté de stalactites de boue. La climatisation poussée à fond mit une claque à Will quand il s'assit à son tour. Il retrouva cette sensation familière que procurait la sueur qui lui dégoulinait dans le dos associée au froid qui lui faisait couler le nez. Baldani fit demi-tour. Il monta le volume de la radio, pourtant déjà assourdissant, parce que rien ne faisait plus badass que faire cracher un caisson de basse sous les accords de *Smells Like Teen Spirit.*

Tandis que la voiture quittait le parking dans un crissement de pneu, Will essaya de se remémorer ce qu'il avait lu sur Wikipedia. Le camp s'étalait sur plus de 440 kilomètres carrés et chevauchait trois comtés. Près de 13 000 personnes vivaient là et quelques milliers de plus s'y relayaient en renfort ou pour s'entraîner. Il y avait des hôtels et des fast-foods, des minicentres commerciaux et un bowling, un complexe médical, des logements familiaux et des écoles, de la maternelle à la douzième année. Le rapport était de 190,3 hommes pour 100 femmes de plus de 18 ans, ce qui expliquait probablement pourquoi Baldani était aussi tendu.

Ou alors, c'était juste un abruti.

À droite et à gauche de la route principale, Will apercevait d'innombrables bâtiments administratifs. Au commandement des ressources humaines de l'armée, on appelait la base « la maison ». Pour Will, cela ne pouvait vouloir dire qu'une chose : ce devait être là que toute la paperasse venait pour mourir. Pour autant, il ne s'en trouvait pas moins sur une base militaire active hautement sécurisée. Juste pour passer l'entrée principale, il avait fallu patienter deux heures et essuyer quelques bonnes suées sur l'éventail des formulaires au nom de Jack Phineas Wolfe, sa vraie fausse identité, cadeau des services du gouvernement.

La silhouette du Gold Vault se dessina au bout d'une longue allée. L'édifice de granit blanc avait un aspect plutôt inoffensif, un bâtiment Art déco typique des années 1930, à vrai dire plus beau qu'il n'aurait dû l'être, sachant qu'à l'époque où la Grande Dépression mettait une grosse portion du pays au chômage des gens qui jouissaient du luxe de gagner un salaire prenaient tout leur temps pour construire ce genre de choses.

En apercevant le coffre depuis la voie rapide, Will avait cru que ses yeux lui jouaient des tours. Il y avait quelque chose d'anormal à voir un truc pareil comme ça à découvert. Puis il avait repéré les barbelés à lames et les rangées de clôture électrique, les panneaux de danger et les jeeps qui patrouillaient en zigzag tout autour d'un champ de mines Claymore à peu près aussi grand que dix terrains de football. Il n'y avait pas de tireurs embusqués sur le toit mais, s'il y avait eu un voleur en puissance assez fou pour essayer de traverser le périmètre à découvert, ils auraient été au moins deux cents à l'avoir dans leur ligne de mire avant qu'il n'ait réussi à rejoindre le bâtiment.

Baldani s'arrêta devant un poste de sécurité de plain-pied, à hauteur des grilles ouvertes. Quoique « ouvertes » fut un bien grand mot. Les lourdes grilles de fer étaient certes repoussées, mais douze bornes obstacles se dressaient sur la chaussée par ailleurs hérissée de plusieurs rangées de herses pareilles à des mâchoires de crocodile.

— On va aller se faire tripoter, Wolfie, lança Baldani.

Un garde dont le chandail semblait être rembourré avec des sacs de béton à prise rapide vint ouvrir la porte de la voiture. La main en visière pour se protéger du soleil, Will regarda autour de lui. La dernière fois qu'il s'était retrouvé au milieu d'autant d'hommes lourdement armés, il faisait une descente dans un entrepôt du port de Savannah, une opération conjointe du FBI, de la DEA[1] et de l'ATF[2].

Baldani balança clés, briquet et carte d'identité dans une bannette qui fut ensuite

1. Drug Enforcement Administration : organisme fédéral chargé du respect des lois sur les stupéfiants et de la lutte contre leur trafic.

2. Bureau of Alcohol, Tobacco, Firearms and Explosives : organisme fédéral chargé du respect des lois sur les armes, les explosifs, le tabac et l'alcool et de la lutte contre leur trafic.

passée dans un détecteur à rayons X, mais le contrôle s'arrêta là pour lui. Il s'appuya contre le grillage et alluma une cigarette en attendant que le tour de Will fût terminé. Il n'avait pas été simple d'entrer sur la base mais, arrivé au coffre, il devenait aussi difficile de passer l'inspection que… d'entrer dans Fort Knox.

Will dénombra dix gardes harnachés d'un M4, modèle au-dessus de l'AR-15 civil, en version améliorée. Pour compléter la panoplie, ils portaient à leur ceinture un Sig Sauer P-320, un spray au poivre, un Taser et une matraque télescopique en métal. Leurs gestes étaient rapides, efficaces, tandis qu'ils poussaient Will ou le tiraient vers les différents postes de la chaîne d'inspection. Un berger allemand mastoc vint fourrer son museau dans son entrejambe. Un ado avec ordinateur portable dépouilla son portefeuille et numérisa ses divers faux papiers d'identité. Ses bottes furent soumises au détecteur à rayons X. Will dut enlever sa ceinture et lever les bras pour une recherche d'objet métallique à l'aide d'un détecteur à main. On le palpa ensuite de la tête aux pieds et il dut présenter son baume à lèvres et ses clés. Un deuxième gars revint le palper. Un troisième passa sur ses mains un bout de papier qu'il introduisit ensuite dans un appareil pour vérifier la présence de résidus de fabrication de bombe.

L'Impala subissait, elle aussi, une inspection en règle. Un autre garde passait un miroir sous le châssis et arrachait les stalactites. On avait lâché la bride à un berger belge. On extirpa les fauteuils. On retourna pare-soleil et tapis de sol. On ouvrit la boîte à gants. On examina coffre et moteur. Quelqu'un fit tout le tour de la voiture, un compteur Geiger à la main. Un autre contrôla la présence de résidus explosifs.

Déjà transpirant de chaleur, Will eut en plus des sueurs froides qui lui dégoulinèrent dans la nuque quand un balayage de ses empreintes digitales lui fut demandé. Sa couverture sous le nom de Jack Phineas Wolfe serait-elle à l'épreuve d'un interrogatoire aussi poussé ou était-il sur le point d'être abattu sur place ?

Le moment était mal choisi pour se poser la question.

Aucun des gardes ne semblait avoir l'âge d'acheter de l'alcool sans frauder. L'un d'eux n'avait guère qu'un léger duvet au menton. Un autre aurait pu passer pour Groot en pleine crise d'adolescence. Au fond de leurs yeux se lisait cet ennui qui pousserait aisément à appuyer sur la gâchette, à balancer un coup de matraque, de quoi vous envoyer à l'hôpital ou directement à la morgue, se dit Will.

Il sentit son cœur s'aplatir contre ses côtes quand l'ado au portable s'immisça à reculons dans sa sphère personnelle. Le gosse avait entre les mains le permis de conduire de Jack Wolfe, sa carte d'assurance-maladie vétéran, sa carte de sécurité sociale et aussi, curieusement, sa carte de fidélité Costco.

— Mettez ça sur vos yeux.

Un garde lui tendait une paire de grosses lunettes noires. Elles étaient reliées à un cordon souple qui se branchait sur une tablette.

Will appuya son visage contre les lunettes. Il ne vit que du noir jusqu'à ce qu'un trait traverse son champ de vision et il eut alors l'impression de reluquer un Cylon de *Battlestar Galactica*.

Il fut aveuglé par le soleil quand on lui retira les lunettes.

— Lecture rétinienne, précisa Baldani.

La cigarette à moitié fumée lui pendillait aux lèvres. Il avait l'air de prendre du plaisir au malaise de Will qui, à sa place, aurait été, à vrai dire, exactement dans les mêmes dispositions.

— Monsieur ?

Le gosse au portable revenait à la charge. Il examinait les papiers d'identité de Will, puis

Will, puis les papiers d'identité. Son portable bipait mais il gardait les yeux fixés sur Will. Will lui retourna son regard. Il vit la sueur couler sur le crâne rasé du gamin. Il devait avoir dix-huit ans tout au plus et avait cette carrure qu'ont ceux qui passent tout leur temps libre à faire de la musculation ou à essayer de s'envoyer en l'air.

Le portable bipa derechef, mais le gosse ne baissa pas les yeux sur l'écran.

Will céda le premier. Il baissa les yeux sur l'écran. Il releva la tête et regarda le gosse. Il baissa les yeux sur l'écran.

Le gamin gueula :

— Alpha ! Mike ! Foxtrot[1] !

Will attendait qu'on lui tire en plein visage ou qu'on le couche au sol, face contre bitume.

Baldani eut un sourire satisfait en balançant son mégot d'une chiquenaude.

— Adios. Mother. Fucker, dit-il.

Les bornes obstacles s'abaissèrent. Les herses furent retirées. Les dix gardes décrochèrent. Will prit une profonde inspiration, soulagé comme jamais.

Au volant de la voiture qui remontait jusqu'au

1. Dans l'infanterie, termes de l'alphabet radio utilisés à la place de « Adios Mother Fucker » : salut entre militaires, généralement amical mais pas toujours.

bâtiment, Baldani exhibait une rangée de raticles arrogantes et jaunies par la nicotine. Will lui concéda la victoire, faisant taire son humiliation pour se concentrer sur le job qui l'attendait. Il n'était pas là pour casser la gueule à Dave Baldani ni pour nettoyer des lingots d'or. Il était là pour retrouver un tueur de flic.

Le crime avait été commis le 16 avril 1997, à Margrave en Géorgie, à 160 kilomètres au sud d'Atlanta.

On avait signalé qu'un étranger rôdait aux abords et à l'intérieur de la bibliothèque. Margrave était une petite ville. Les gens n'y croisaient guère d'individus louches, du moins aucun qu'ils n'aient jamais vus. Le rôdeur était un homme de race blanche, aux cheveux blonds et aux yeux bleus, faisant largement plus d'un mètre quatre-vingts, bâti comme un *linebacker*[1], vêtu d'un jean sale et d'une veste de camouflage. La dernière fois qu'on l'avait aperçu, il faisait les cent pas dehors, aux portes de la bibliothèque. Il y était entré une fois pour aller aux toilettes et feuilleter un exemplaire du *Guide ornithologique du sud-est des États-Unis*. En entendant l'inconnu marmonner tout seul, la bibliothécaire avait appelé le bureau du shérif. Moins de cinq

1. Joueur de football américain.

minutes plus tard, l'adjoint avait débarqué sur les lieux. Un témoin oculaire disait avoir vu l'inconnu sortir un revolver et tirer sur l'adjoint, à la tête.

L'adjoint du shérif s'appelait Phillip Michael Deacon. Trente-neuf ans, vingt et un ans de service, il vivait avec sa femme et leur ado ; leur fille aînée, mariée, attendait son premier enfant.

L'inconnu n'avait donné aucun avertissement à Deacon. Il n'y avait eu aucun mot échangé entre les deux hommes. Juste deux petits coups sur la gâchette, puis l'inconnu avait foncé dans les bois et on ne l'avait jamais revu depuis.

Deacon avait survécu aux coups de feu, mais l'on ne pouvait guère aller jusqu'à dire qu'il avait continué à vivre. Il ne s'était jamais réveillé de l'opération. Il avait passé les vingt-deux années suivantes dans le coma. Il avait fini par succomber à une pneumonie, deux mois plus tôt. Le mandat d'arrêt s'en était donc trouvé transformé : de tentative de meurtre sur un gardien de la paix en meurtre au premier degré assorti de circonstances aggravantes, ce qui était passible de la peine de mort.

C'était à ce moment-là que le boss de Will lui avait remis le dossier.

Will n'était pas fan des tueurs en général,

mais les tueurs de flics méritaient un aller simple pour les pires quartiers de l'enfer. Depuis que le dossier avait atterri sur son bureau, Will avait consacré tout son temps à essayer de démêler les fils de l'affaire d'origine, allant même jusqu'à se rendre en voiture à l'entrepôt sécurisé du GBI, à Dry Branch, pour tenter d'y repêcher les maigres pièces à conviction qui existaient toujours, à savoir des fragments des deux balles qui avaient été retirées du cerveau de Phillip Deacon et un sachet en plastique cacheté contenant l'exemplaire de la bibliothèque de Margrave du *Guide ornithologique du sud-est des États-Unis*.

Il n'existait aucun flingue correspondant aux fragments de ces balles. Les seules empreintes identifiables retrouvées sur le livre appartenaient à la bibliothécaire qui l'avait déballé le matin de la fusillade et mis en place, flambant neuf, sur le rayonnage.

Dans l'esprit du grand public, les affaires classées étaient toujours vues comme impossibles à résoudre. Ce n'était pas tout à fait faux, mais Will avait pu maintes fois constater que le passage du temps élargissait la perspective des témoins. Tout simplement parce que, avec le temps, ils n'avaient plus peur. Les brutes et les truands qui les avaient intimidés étaient soit morts prématurément soit derrière les barreaux. Les mariages étaient dissous. L'amour s'était éteint. Les réputations étaient brisées ou rebâties. Bref, au bout de longues années, le passé se faisait parfois plus net.

Will avait roulé jusqu'à la *panhandle* de la Floride pour s'entretenir avec la bibliothécaire à la retraite qui avait jadis appelé les secours. Le témoin oculaire de la fusillade était décédé, mais Will avait retrouvé son conjoint. Il avait discuté avec des collègues de Deacon et divers usagers de la bibliothèque. Il était resté assis dans d'innombrables séjours à siroter d'innombrables thés glacés en écoutant d'innombrables vieilles dames partager leurs souvenirs, comme autant de pièces minuscules qui finiraient par l'aider à reconstituer le puzzle.

Première pièce : un mois après la tentative de meurtre sur la personne de l'adjoint Deacon devant la bibliothèque, un deuxième inconnu avait surgi à Margrave.

Deuxième pièce : l'inconnu numéro 2 était un homme de race blanche. Cheveux blonds, yeux bleus. Environ trente-cinq ans. À peu près un mètre quatre-vingt-cinq et cent dix kilos. Bâti comme un *linebacker*, diraient certains.

Troisième pièce : l'inconnu numéro 2 avait été immédiatement arrêté pour meurtre – pas pour la tentative de meurtre de la bibliothèque mais pour le meurtre au premier degré d'un homme non identifié – par le shérif de Margrave, également seul témoin à avoir assisté au meurtre présumé. Le « présumé » avait été rajouté, car Will n'avait pu trouver ni rapport ni dossier mentionnant un quelconque meurtre au cours de cette période.

Quatrième pièce : un registre de transfert de prisonniers faisait bien apparaître l'inconnu numéro 2 comme en route vers le pénitencier de Warburton, mais aucun document officiel n'attestait qu'il y était resté plus de deux jours.

Cinquième pièce : le shérif, au lieu de prévenir le service des marshals fédéraux afin que soit organisée une chasse à l'homme en bonne et due forme pour retrouver le prétendu fugitif, avait préféré abandonner l'accusation de meurtre *présumé*, ce qui avait permis à l'inconnu numéro 2 de disparaître dans la nature.

Jusqu'à présent.

— Dernier arrêt, la lingerie de ces dames.

Baldani gara la voiture à cheval sur deux emplacements, à croire qu'il laissait une Lamborghini en stationnement et non une Chevrolet des services du gouvernement.

Will entendit le *clic* d'un briquet comme il sortait de la voiture. Il leva les yeux sur l'imposant édifice. Il vit des tours de contrôle, des caméras de surveillance, des meurtrières hérissées de fusils, de vastes faisceaux lumineux probablement visibles depuis la surface de la Lune.

La sécurité était digne de Fort Knox.

Baldani se dirigea vers une porte de service, laissant une traînée de fumée dans son sillage. Will s'efforça de rester sous le vent en se demandant par quoi Baldani serait finalement emporté – cancer des poumons ou cancer de la peau.

Mais ce n'était pas son problème.

Il laissa glisser sa main sur la paroi fraîche de granit du bâtiment. Il voulait se concentrer sur le cœur de son affaire. Phillip Michael Deacon n'avait jamais pris son premier petit-fils dans les bras. Il n'avait jamais vu son fils jouer au base-ball. Il n'avait jamais pu embrasser une dernière fois sa femme, ni prendre le volant pour aller faire les courses, ni sortir les poubelles, ni se gratter le cul quand ça le démangeait parce qu'un appel signalant un individu suspect lui était tombé dessus et qu'il y avait laissé tout ce qu'il y avait eu d'important dans sa vie.

Et voici ce que Will savait du shérif de Margrave : c'était un fils de pute corrompu.

Et aussi un macchabée.

La veuve du shérif n'avait conservé aucun de ses dossiers. Ses enfants ne voulaient même pas prononcer le nom de leur père. Le témoignage initial du shérif sur le meurtre au premier degré *présumé* avait disparu. Aucun de ses anciens adjoints n'entendait laisser tomber le chef, si pourrissant six pieds sous terre fût-il. À l'époque, en 1997, le bureau du shérif n'était pas encore équipé en ordinateurs. Will n'avait quelques informations sur l'inconnu numéro 1 que parce que le GBI avait été appelé juste après la fusillade. En vertu des lois de cet État, l'agence était chargée d'enquêter sur toute fusillade impliquant un agent de police.

C'était au fond d'une vieille armoire poussiéreuse au sous-sol du pénitencier de Warburton à laquelle l'avait conduit des bribes de commérages mis bout à bout que Will avait trouvé les maigres informations dont il disposait sur l'inconnu numéro 2. La demande de transfert de prisonnier en trois exemplaires avait fourni la liste des renseignements le concernant, à savoir : nom du détenu, date de naissance, signes particuliers et photo d'identité judiciaire. Les chefs d'accusation. La signature du shérif sur le récapitulatif et son nom en qualité de témoin oculaire.

Par un sacré mauvais coup du hasard, l'inconnu numéro 2 avait débarqué à Margrave et réussi, dans l'heure, à *présumément* assassiner un type de sang-froid sous les yeux d'un seul témoin qui n'était autre qu'un shérif chevronné du comté.

La sixième pièce du puzzle était un coin du cadre : Will n'avait pas trouvé la moindre preuve d'un quelconque meurtre commis dans la région des trois comtés entre le moment où l'on avait tiré sur Phillip Michael Deacon et l'arrestation de l'inconnu numéro 2. Pas d'article dans le journal. Pas de ragots dans la région. Pas d'entrée dans les registres des entreprises de pompes funèbres. Pas de certificat de décès enregistré au répertoire de l'état civil de Géorgie.

Pour Will, la seule explication plausible était que le shérif véreux avait fabriqué des preuves pour faire condamner l'inconnu numéro 2 pour un meurtre qui n'avait jamais eu lieu.

Restait à savoir *pourquoi*.

En imaginant la réponse la plus vraisemblable à cette question, Will commença à voir se dessiner l'image que formaient les différentes pièces une fois assemblées : l'inconnu numéro 1 ne pouvait être que l'inconnu numéro 2 puisque…

Sept : les descriptions physiques des deux inconnus étaient identiques.

Huit : les deux inconnus avaient comme par hasard surgi dans un trou perdu où l'on ne voyait jamais de visage étranger.

Neuf, un autre coin du cadre : par courrier électronique, Will avait fait parvenir la photo d'identité judiciaire numérisée jointe au dossier de transfert de l'inconnu numéro 2 à la bibliothécaire désormais retraitée et vivant en Floride. Elle avait répondu sur-le-champ et déclaré être absolument certaine que l'inconnu numéro 2 était l'inconnu numéro 1, l'homme dont elle avait signalé le comportement suspect en 1997. L'homme qui avait été identifié par un témoin comme étant l'individu qui avait tiré deux balles dans la tête de Phillip Michael Deacon.

Par conséquent, Will tenait son coupable.

— Par ici, Wolfe.

Baldani tira une dernière fois sur sa clope avant d'ouvrir la porte.

Dedans, il faisait au minimum dix degrés de moins. Will descendit un escalier escarpé à la suite de Baldani. En bas, après avoir franchi une porte en acier verrouillée, ils montèrent une autre volée de marches. Puis ils redescendirent. Will commençait à croire à un autre mauvais tour de Baldani quand ils débouchèrent dans un vaste hall de marbre blanc poli miroitant de toutes parts.

Will sentit la sueur se glacer sur toute la surface de son corps.

La salle sentait le pognon. Pas le bit coin ou le fonds de placement, non, mais l'espèce sonnante et trébuchante, belle comme un sous neuf de milliardaire. Le plafond était orné de dorures à la feuille. Le dossier des banquettes en acajou était chargé de motifs sculptés à la main. Des œuvres d'art dignes d'un musée étaient accrochées aux murs. Will s'approcha d'une des vitrines d'exposition.

— Un genre de vieux bouquin, commenta Baldani.

— La Bible de Gutenberg.

Bien que Will n'ait jamais fréquenté l'église, il lui semblait plus naturel de parler tout bas.

— Ouais, dit Baldani. Ils y ont aussi conservé un exemplaire de la Magna Carta pendant la Deuxième Guerre mondiale. L'original de la Constitution des États-Unis. La Déclaration d'indépendance. J'ai même entendu dire que des réserves de morphine y avaient été entreposées pendant la guerre froide.

— Nous n'avions pas la matière première pour en fabriquer nous-mêmes.

— Ouais, si tu veux.

Baldani l'entraîna à l'autre bout du hall.

Il y avait deux gardes en faction devant une immense porte en bois à deux battants. Les gonds en cuivre bien astiqué étaient aussi longs et gros qu'un Welsh corgi bien nourri. Will leva les yeux, examinant avec soin chacune des lettres majuscules sculptées sur l'arche de la porte. Elles avaient toutes une profondeur d'au moins sept centimètres, creusées dans la pierre, la chair du marbre enlevée au marteau et au burin pour former les mots : UNITED STATES DEPOSITORY.

— Tu vas passer la journée à inspecter cette plaque ou t'as l'intention d'entrer ? demanda Baldani.

Les deux gardes poussèrent les lourds battants et, soudain, Will se retrouva face à la porte du coffre grande ouverte. Quatre gardes armés bloquaient un long couloir blanc. La Mint Police. Ils portaient des gilets en Kevlar, avec l'emblème du département du Trésor des États-Unis sur le torse. Sur chacun des gardes, Will repéra trois armes, ce qui voulait dire qu'ils en avaient probablement d'autres qu'il ne voyait pas.

Will ne put s'empêcher de poser la main sur la porte du coffre. Il sentit le froid de l'acier inoxydable sur sa paume. La porte était massive, aussi épaisse que trois hommes forts et haute de deux fois sa taille.

— Il faut être quatre pour ouvrir cette saloperie, dit Baldani. Chacun doit mémoriser une combinaison particulière, qui lui a été transmise verbalement par le Secrétaire au Trésor. Personne n'est autorisé à les regarder faire. Le volant doit faire quatorze tours complets pour que les verrous soient débloqués.

Baldani entra, et du coup Will aussi.

L'opulence s'arrêtait là. Will retrouva la même impression qu'il avait eue dans chacun des différents bâtiments officiels qui lui avaient été donnés de traverser. Plafonds bas. Conduites de climatisation apparentes. Peinture blanche déjà jaunie à peine deux jours après avoir été badigeonnée sur les panneaux de béton. Carrelage fissuré. Enduit crasseux. Câbles de toutes les couleurs débouchant nulle part.

La température perdit encore dix degrés. Ils étaient en train de descendre une pente raide. Le long des murs s'enchaînaient les mêmes portes qu'à l'entrée principale du coffre, mais en modèle réduit. À chaque entrée étaient affichés des panneaux bleus. Des bandes pareilles aux rubalises de la police étaient déroulées d'un montant à l'autre et des enveloppes en plastique transparent y étaient accrochées. Will jeta un œil pour voir ce qui était inscrit dessus mais n'y repéra que d'interminables rangées de nombres. Il supposa que ces derniers correspondaient aux numéros de série des lingots d'or. Il mourait d'envie de s'arrêter pour les examiner, d'ouvrir les portes en inox et de scruter ce qu'il y avait derrière. Il n'y avait aucune fenêtre. Chaque porte disposait de deux cadrans de sélection de la combinaison et d'une serrure à clé digne d'un quartier de haute sécurité.

Baldani s'engagea dans un couloir. Will leva la tête. L'éclairage au xénon illuminait jusqu'au moindre détail qui se dessinait sur les joints entre les carreaux. On entendait de la musique. Le son résonnait sur les surfaces brutes. Il y eut encore un changement de direction. D'autres portes de coffre. D'autres panneaux. D'autres rubalises. Tous les dix mètres, un téléphone rouge était fixé au mur, le cadran brillant sous la lumière artificielle.

Plus loin, Baldani s'engagea dans un nouveau couloir. La musique était plus forte. Hoobastank : on était à deux doigts de l'attentat musical. Une fois là, il n'y avait plus de gardes. Will doutait fort qu'il pût y avoir une autre issue, et dissimuler sur soi un lingot de trente livres paraissait réservé à des êtres dotés d'un rectum très particulier.

— Merde alors !

Les mots étaient sortis tout seuls, Will n'avait pas eu le temps de les retenir.

Ils avaient atteint leur première porte ouverte. Trois hommes équipés de masque et de gants en coton blanc étaient en train de déplacer des lingots d'or en barre et les empilaient sur des palettes.

The Reason[1] s'arrêta à mi-jérémiade. Ou peut-être Will perdit-il subitement l'ouïe. Il n'avait jamais rien vu de semblable de sa vie. Tout ce temps il s'était imaginé Picsou batifolant dans sa piscine remplie d'argent alors qu'il aurait dû avoir en tête une putain de cité entière bâtie dans Minecraft.

— Les marie-salopards, je vous présente le bizuth, dit Baldani.

Personne ne réagit à ces présentations puantes. Will passa la tête dans le coffre ouvert. La pièce était à peu près aussi grande qu'un congélateur de supermarché. Il n'y avait pas de plafonnier, mais la lumière métallique que renvoyait l'or était plus forte que n'importe lequel lunimaire. Les lingots étaient empilés sur la tranche, du sol au plafond, contre les parois, en fer à cheval. Il y avait juste assez de place au milieu pour un gars qui passait les briques

1. Titre du groupe Hoobastank.

à un autre gars dehors. Ce deuxième gars les faisait à son tour passer à un troisième qui les déposait délicatement sur une palette en acier.

Will, bouche bée, réalisa qu'il devait avoir l'air bête. Il fixa le bout du couloir en plissant les yeux, dans l'espoir que ses pupilles finissent par reprendre une taille normale. Il y avait une autre porte ouverte juste après la première. Il manquait un homme à la deuxième équipe qui semblait pourtant avoir pris de l'avance. Le gars dehors était à genoux, il mettait un coup de chiffon sur les lingots, en saisissait un dans chaque main, se relevait, pivotait sur lui-même et tendait les lingots au gars à l'intérieur.

Un truc à se casser le dos.

— C'est là qu'on relève le résultat de la pesée, dit Baldani en tapotant sur un petit écran qui dépassait à l'arrière de la palette. En fait, nous ne comptons pas les lingots un par un. Nous pesons ce que contient la pièce, on leur passe un coup de chiffon, puis on les remet dedans en les empilant proprement jusqu'au prochain tour.

Will hocha la tête mais il n'était pas franchement convaincu de l'intérêt de la manœuvre. Les portes des coffres restaient verrouillées, à l'intérieur l'atmosphère était pauvre en oxygène. Sortir ainsi les lingots et les exposer à l'air altérait leur poids à coup sûr. Il y avait forcément de l'humidité dans l'air, peut-être quelques peluches se détachaient-elles des gants de coton, l'un des nettoyeurs pouvait perdre un poil ou un cheveu. Sur plusieurs millions d'onces, cela devait finir par faire une différence sensible.

— Et c'est là qu'on vérifie les comptes.

Baldani montra du doigt l'un des panneaux bleus. Avec une écriture très soignée, quelqu'un avait inscrit le résultat au marqueur blanc.

— 36 236 lingots d'or. Près de 12 milliards d'onces troy. L'once d'or se vend actuellement à près de 1 300 dollars, ça fait donc – eh bien, bon sang, un sacré gros tas de biftons.

Une voix grave s'éleva de l'intérieur du deuxième coffre :

— 472 238 000 dollars.

Le regard de Will glissa au-dessus de la grosse tête de Baldani.

Le gars à l'intérieur du coffre était hors de vue. Will vit passer deux énormes mains dans des gants en coton aux coutures prêtes à craquer. La peau des bras était tendue sur une armature de muscles. On devinait à son hâle résiduel que l'homme avait davantage l'habitude de travailler en extérieur. Les deux lingots d'or dans une seule de ses mains ressemblaient à des briques de Lego. De l'autre main, il prit deux autres lingots.

— Lève le pied, colosse. (Baldani claqua des doigts, l'air de dire *immédiatement*.) Lukather ne veut pas que son petit nouveau se pète un ongle.

L'homme baissa la tête pour sortir du coffre. Il retira son masque. Mâle, de race blanche. Cheveux blonds. Yeux bleus. Autour des cinquante-cinq ans. À peu près un mètre quatre-vingt-cinq et cent dix kilos. Bâti comme un *linebacker*, diraient certains, mais, avec les repères visuels qu'offrait le contexte, Will l'aurait plutôt décrit comme faisant à peu près la taille d'un de ces coffres forts qu'on trouvait à Fort Knox.

Dernières pièces du puzzle : Ancien de la police militaire. Actuellement sans domicile. Mercenaire. Rentre-dedans. Nettoyeur d'or. Tueur de flic.

L'inconnu de Margrave se présenta :

— Jack Reacher.

2

Reacher devait sa présence ici à quelques ennuis d'argent provisoires. Au sens propre. Rien de grave. Ce n'était pas la ruine imminente. C'était bassement matériel. Dix-sept jours auparavant, il s'était offert un repas un peu plus dispendieux que prévu et étant homme à préférer anticiper si possible, il avait craint de ne pas avoir assez sur lui pour payer à la fois son ticket de bus, son dîner et son motel pour la nuit. Il avait donc été au distributeur.

Son compte faisait apparaître un récent versement de 612,14 dollars.

Bien que ce fût inattendu, il n'eut aucun mal à se l'expliquer. C'était un message. « 6 » pour F, la sixième lettre de l'alphabet. Les 12 dollars pour L. Les 14 cents pour N. Frances L. Neagley. Le meilleur sous-officier qu'il ait jamais eu, et c'était peu dire. Le meilleur soldat qu'il ait jamais rencontré. La meilleure personne, peut-être même. En tout cas celle qui s'approchait le plus de ce qu'était une amie. Après l'armée, elle avait créé une agence de sécurité très sélecte à Chicago. Elle s'en sortait bien. Elle avait des relations un peu partout. Mais, en l'occurrence, elle avait besoin de lui parler. C'était ce que disait le message. C'était sa façon bien à elle d'harponner un type qui vivait dans l'ombre et qui de temps à autre se retrouvait à court d'argent. Le versement était bel et bien réel. Il n'était pas censé le lui rendre. Le genre d'attention qu'aurait eue une grande sœur. Ou une petite sœur. Peut-être avait-elle pitié de lui.

Il l'appela de la cabine téléphonique d'un snack-bar.

— J'ai entendu parler d'un type qui connaît un type qui veut discuter avec toi, dit-elle.

— Pourquoi moi ? dit-il.

— Ils ont besoin d'un ancien soldat.

— Il y en a plein.

— Plus précisément, d'un ancien de la police militaire.

— Il y a plein de retraités de la police militaire.

— Nous sommes au XXIe siècle, répondit Neagley. Il faut croire qu'ils ont développé un programme pour racler leurs bases de données et que la bonne réponse est tombée sur toi. Ou sur quelqu'un comme toi.

— Pourquoi est-ce que je me retrouverais dans une base de données ?

— Nous sommes au XXIe siècle, répéta-t-elle.

Deux jours plus tard, il se retrouvait au Pentagone. D'abord dans le bureau d'un général. Un type impressionnant, mais qui n'avait rien de spécial à dire sinon qu'il vantait sans réserve les mérites du colonel avec lequel Reacher avait rendez-vous en suivant. Lequel n'avait lui non plus rien de spécial à dire sinon qu'il vantait sans réserve les mérites du gamin en costard-cravate avec lequel Reacher avait rendez-vous pour finir. Sérieux. Ça ne plaisantait pas. Le genre d'agence ultra-confidentielle dont personne n'entendait parler, ni maintenant ni jamais. Le siège du pouvoir véritable. Les gens auxquels s'adressait le Pentagone pour régler les problèmes.

Il s'avéra finalement que le gamin avait la trentaine et il plut beaucoup à Reacher. C'était le bon âge. Reacher s'en souvenait bien. L'énergie intarissable. La passion. En plus, le gars était futé. Poli aussi, non pas obséquieux mais aimable. À son accent, aux modulations de sa voix, Reacher s'était dit qu'il venait de Géorgie. Atlanta métropole, peut-être. Comme un air de blues. Le rythme des champs durci par la ville. Un brave type dans l'ensemble.

Sans compter qu'il avait le sens de l'humour.

— Il y a un point dont nous devons nous débarrasser une bonne fois pour toutes, avait-il dit.

— Et quoi donc ? demanda Reacher.

— L'ordre de mission. Il fait marrer les gens.

— Pourquoi ?

— Je vous demande d'organiser un casse à Fort Knox.

— Je comprends mieux.

— À vrai dire, je veux que vous vous fassiez embaucher là-bas. Infiltré mais seulement à moitié. De toute façon, ils recherchent des types comme vous. Disons que vous partez grand favori.

— Ce serait au vrai Fort Knox ou juste ce qu'on en voit au cinéma ?

— Dans la réserve. Je n'ai pas tous les détails sur la nature précise du job. J'ai l'impression que c'est un peu solennel. Un genre de rituel. Mais la question n'est pas là. Vous l'avez dit vous-même, Knox ne se réduit pas à ce qu'on en voit au cinéma. C'est globalement une ville d'une taille non négligeable, ce qui ne va pas sans les problèmes habituels. Notamment un bon réseau d'usuriers. Au centre, il y a un boss vers lequel tout converge. En l'occurrence, un type pas très sympa. Je dirais même un briseur de rotules. Mais pas les rotules de l'emprunteur, non. À la visite médicale, on pourrait lui poser des questions. Alors plutôt les rotules de sa femme ou de l'un de ses gosses. Il n'y a jamais de plaintes. Pour deux raisons. La première, parce que c'est le deal. La deuxième, parce qu'ils savent qui est le boss.

— Et vous savez qui c'est ?

— Oui, hélas.

— Et en quoi c'est un problème ?

— C'est un major de l'armée américaine, du nom de David Baldani. Un gros maillon de la chaîne de commandement. Personne n'ose la ramener. Même quand leur gosse de dix ans doit renoncer à la saison de foot.

— Eh bien, arrêtez-le.

— Vous savez ce que c'est. Vous avez été dans l'armée, vous aussi. Il faut que l'affaire soit super bien ficelée. Nous devons le voir proférer des menaces sous nos yeux. Nous savons qu'il lui arrive d'aller au Burger King. C'est l'endroit idéal pour rencontrer les épouses ou les enfants. Cela doit se passer sous nos yeux.

— Pourquoi moi ?

— Une portion de l'algorithme mettait en avant la force physique, d'après une note qui figurait dans le dossier.

— Mais bon sang, c'est quoi ce job ?

— Apparemment, un truc en rapport avec les lingots d'or proprement dits. Qui pèsent leur poids. Un genre de rituel de purification, à ce que j'ai cru comprendre. De toute façon, ce n'est que pour la galerie. Pour enchanter la population. Littéralement s'entend. Ils n'ont été forcés d'ouvrir les coffres qu'une fois pour examen, en 1974, je crois. Je n'étais même pas né.

— Moi, j'ai été là-bas, dit Reacher. Un connard s'était mis à propager la rumeur que les stocks d'or n'existaient pas. Il a ensuite tout démenti. Mais les gens se sont mis martel en tête. Une sorte de réaction viscérale. Sourde mais un peu flippante. On sentait qu'il en fallait peu pour que ça tourne au vinaigre. Alors ils ont commencé leur tournée. Nous avons brièvement vécu à Washington DC. J'étais môme. Mon père connaissait un type haut placé. Ce fut un truc génial. Les gens se sont sentis bien mieux après.

— Knox n'a guère changé depuis. C'est un symbole fort, tout en splendeur et majesté, mais ils ne sont toujours pas décidés à passer à l'ère du numérique.

— Ça me va, dit Reacher.

— Leur commandante en chef est une agitée du bocal. C'est un colonel du nom de Stéphanie Lukather. Baldani est son commandant en second. Elle l'appelle « Dave » en public et elle n'en démord pas. Quant à savoir si c'est irrévérencieux ou vieille école, sur la base les opinions sont partagées.

— Lui, il le prend comment ? En général, ça donne une idée.

— Vous le découvrirez par vous-même. Baldani gère le recrutement des équipes de purification. C'est son poste. Vous serez à son contact à longueur de journée. Suivez-le au Burger King. Cela doit se passer sous nos yeux.

Voilà comment Reacher s'était retrouvé à nettoyer l'or et à serrer la main du nouveau dont l'aide était bienvenue puisque son prédécesseur avait été viré sans plus d'explication, sans motif précis, mais, après tout, on n'allait pas refaire l'armée. S'il n'était pas forcément nécessaire d'avoir inventé la poudre pour faire ce job, à deux c'était quand même plus facile. Le nouveau avait l'air potable. Un peu surpris, peut-être, grand comme il était, de rencontrer plus grand que lui. Un peu tendu aussi. Voire inquiet. Il disait s'appeler Jack Phineas Wolfe. Probablement un ancien de l'armée, civil depuis plusieurs années – apparemment une manie chez Baldani quand il devait recruter. Il avait un peu le même accent que le drôle en costard, mais en plus vieux, qui remontait de plus loin. Plus de champs, moins de ville.

D'abord, il posa, sans surprise, des questions sur le poids. C'était ce que faisaient tous les nouveaux. Pour savoir combien pesait l'or. Savoir quel était l'équivalent du job en heures de muscu. Baldani faisait ensuite son petit laïus sur l'once troy. Du nom de la ville française de Troyes, à une époque très reculée. La façon de mesurer les métaux précieux. La confusion possible entre les différentes onces, les différentes livres. Pourtant pas comparables.

Dans l'ensemble, Wolfe comprit assez vite en quoi consistait le job. Mais, bon, un chimpanzé non plus n'aurait pas eu besoin d'y passer des heures. Ce n'était pas un boulot gratifiant. Une couverture tolérable, un jour ou deux mais cela en faisait onze que Reacher était là. Il était à deux doigts du bout du rouleau. À deux doigts d'attirer l'attention. Et Baldani, jusqu'ici, n'avait pas mis les pieds au Burger King. Pas une seule fois.

La pause déjeuner approchait.

L'espoir faisait vivre Reacher.

Et pour une fois, l'espoir ne fut pas vain. Au lieu de prendre le chemin de sa cantine habituelle, Baldani, ce coup-ci, partit en direction du fast-food de la base. Là où allaient les familles. Comme dans toute ville de taille non négligeable. Cohue comprise. Reacher n'eut aucune difficulté à suivre Baldani. Non seulement il avait l'expérience et savait ce qu'il faisait, mais en plus sa cible marchait en bombant un torse dégoulinant de suffisance comme si rien ne pouvait l'atteindre.

Reacher restait prudent. Comme tous ceux qui avaient servi à Berlin Ouest. Les vieux renards ont plus d'un tour dans leur sac. Par exemple, ce n'est pas parce que vous suivez quelqu'un qu'il n'y a pas quelqu'un d'autre qui vous suit. Ça arrivait tout le temps.

Et ce fut ce qui arriva lors de cette pause déjeuner. Reacher se retourna à trois occasions distinctes et, chaque fois, il vit le nouveau sur ses pas. Il était plutôt bon, sans aller jusqu'à figurer dans les annales. Il filait quelqu'un mais, évidemment, on aurait été bien en mal de dire qui. La rue était en ligne droite. Peut-être suivait-il aussi Baldani. En adoptant un autre angle d'attaque. Une affaire super bien ficelée, cela mettait la barre haute. Plus on aurait de preuves, mieux ce serait. Il n'était pas impossible que le gamin en costard l'ait mis lui aussi sur le coup.

Ce n'était pas sûr non plus. Il travaillait peut-être pour quelqu'un d'autre. Quelque chose chez lui ne faisait pas soldat. Des mots qu'il employait. Il était tout à fait prêt à faire ce qu'on lui disait mais ne le faisait pas par automatisme, sans réfléchir, comme on pouvait s'y attendre dans l'armée. Il était un peu coincé. Il cachait quelque chose. Ce qui était impossible chez les kakis. Il y aurait eu belle lurette qu'on le lui aurait fait cracher.

Somme toute, Reacher ne savait pas vraiment à qui il avait affaire. En même temps, cela lui était un peu égal. Plus on était de fous. Il n'y avait rien à redire, sauf qu'il fallait être un peu con pour inventer un nom comme Jack Phineas Wolfe. C'était peu vraisemblable. Jamais des parents qui auraient été fans de Phineas[1] n'y auraient accolé un vulgaire « Jack ». Telle était la nature humaine.

Plus loin, Baldani entra dans le Burger King. C'était un double espace avec trois caméras en évidence et donc au minimum deux autres

1. Phineas est inspiré d'un personnage de dessin animé, malin, original, sympathique et facétieux. Jack est un prénom très commun, parfois utilisé pour dire « type » en argot.

moins en évidence, qui se repéraient vite et que l'on évitait en passant à droite puis à gauche, avant d'aller s'asseoir sur un banc public disposé à côté d'une grosse poubelle aux couleurs criardes de la marque de soda qui la sponsorisait.

Du coin de l'œil, Reacher aperçut le soi-disant Jack Phineas Wolfe qui prenait position une poubelle plus loin. Cette dernière était sponsorisée par une autre marque.

À l'intérieur du restaurant, Baldani se frayait un chemin entre les tables. Il se dirigeait vers le fond de la salle. Et là, les choses se gâtèrent. Du moins pendant la première fraction de seconde où Reacher supposa que les choses se gâtaient. Pour eux deux, à savoir lui et Baldani. Car à une table du fond était assise Stéphanie Lukather. La commande en chef complètement azimutée. Le colonel. Prise d'une très inhabituelle envie de hamburger. Ce jour-là entre mille. Une ironie du sort. Baldani allait devoir tout annuler. Il allait devoir trouver une excuse et décamper. Il ne se passerait rien. Il n'y aurait rien à voir. Onze jours, sans rien à signaler.

Or, pas du tout.

Les choses ne s'étaient pas gâtées, bien au contraire. Baldani prit place en face de

Lukather. Ils échangèrent un regard singulier. Légèrement tendu, mais surtout bien exercé. Ils avaient déjà joué à ça avant. Baldani glissa la main dans la poche de sa veste et en sortit deux enveloppes. La forme et la taille de la première ne laissaient aucun doute : elle contenait une liasse bien garnie. Des billets de banque, au moins cinq centimètres d'épaisseur. Baldani la fit glisser sur la table. Lukather la prit.

La seconde enveloppe ne contenait presque rien. Juste un petit objet solide, coincé dans un coin, et assez lourd pour se déplacer si l'on inclinait l'enveloppe. À peu près la taille d'une cartouche .45 Magnum. En plus plat. Un truc familier. Reacher l'avait sur le bout de la langue. Comme dans un stupide jeu télévisé. Il s'en serait voulu à mort en les entendant donner la réponse.

Baldani la fit passer. Lukather la prit.

Du coin de l'œil, Reacher vit le soi-disant Jack Phineas Wolfe disparaître. Avant de bouger, il attendit, quant à lui, une longue minute de plus. Il n'en revenait pas. Les choses prenaient une tout autre tournure. On avait dépassé le stade où il aurait suffi de renseigner correctement les quelques éléments manquants d'un formulaire d'accusation pré-imprimé. Cela demandait une toute nouvelle enquête. Et cela prendrait des lustres.

Il reprit discrètement sa filature en empruntant cette fois un chemin différent, légèrement plus long mais aussi plus favorable, avec la possibilité de profiter d'un coin de rue suivi d'une impasse d'où l'on pouvait déboucher par surprise. Il s'y engagea furtivement et attendit jusqu'à ce que le soi-disant Jack Phineas Wolfe apparaisse, le regard perdu, légèrement inquiet.

Reacher surgit derrière lui.

— Salut ! lui lança-t-il.

Wolfe se retourna.

— Oh ! salut, dit-il.

On pouvait lire toutes sortes de choses sur son visage. Mais ni ruse ni tromperie. L'impression finalement qu'il déplorait cette situation. Au fond, un honnête homme.

Reacher lui demanda :

— Qu'est-ce que tu as vu ?

— Vu quoi ?

— Là-bas.

Wolfe tortillait les mains, comme s'il était en train de retourner la réponse dans sa tête, puis y joignit visage et regard comme s'il cherchait à communiquer à tous les niveaux. L'espace d'une seconde, Reacher crut avoir déchiffré dans cette suite de mouvements la phrase *Je t'ai vu observer Baldani.*

Mais Wolfe rétorqua à la place :

— J'ai vu Baldani.

— En train de faire quoi ?

— De remettre deux enveloppes à Lukather.

— Contenu ?

— La première, bourrée de fric.

— Exact, dit Reacher.

— Une clé USB dans la seconde.

Crétin, se dit Reacher. *Pourquoi je n'ai pas trouvé ?!*

Et il reprit à voix haute :

— Je ne sais pas qui tu es et je ne veux pas le savoir. Mais je présume que nous sommes du même bord. Alors sois sympa et dis-moi au moins quel est ton nom.

Le type commença à vouloir répondre « Jack Phineas Wolfe » mais Reacher l'arrêta :

— Non, le vrai.

— Will Trent, dit-il.

3

De retour à la salle des coffres, Will enlevait minutieusement la poussière sur la dernière rangée de lingots d'or de la palette. En se reflétant sur le métal jaune, la lumière du plafonnier faisait danser le logo du Trésor et les numéros de série. À l'intérieur de son masque, Will sentait que son souffle avait franchi le point de rosée. Les gants blancs en coton collaient à ses mains moites. Le boulot ne faisait pas rêver bien longtemps, Lukather avait dit vrai. Son dos se crispait chaque fois qu'il faisait un soulevé de terre, un lingot dans chaque main, se retournait et les passait à Reacher.

Les torsions s'enchaînaient sans pause. Reacher avait deux mains, mais il en avait systématiquement une de vide. Pour Will, ce n'étaient pas des mains mais plutôt les fourches d'un transpalette. Comment un être humain aurait-il pu sinon soulever en biceps curl près de soixante livres d'or dans chaque main comme des plaquettes de beurre ?

Will souleva deux nouveaux lingots, pivota et déposa soixante livres de plus sur la palette vide. Il secoua les bras le peu de temps que Reacher mit à empiler les lingots dans le coffre. Mégatron ne transpirait même pas tandis que les deltoïdes de Will claquaient comme les cymbales d'un petit singe mécanique.

Si on ne lui avait pas dit que le gars avait commis un meurtre qui avait mis vingt-deux ans à s'accomplir, Will aurait admiré son endurance. Ainsi que ses talents pour la filature. Bien qu'ayant à peu près la taille d'une Ford Pinto, Reacher avait adroitement évité les caméras de surveillance à l'extérieur du Burger King. Aucune chance pour que Baldani ou Lukather aient découvert qu'on les avait observés.

Will avait-il intérêt à savoir ce qui leur avait valu d'être l'objet d'une telle attention ?

Il savait bien sûr que Reacher n'était pas un enfant de chœur. Après tout, le gars était un meurtrier, il n'y avait donc rien d'étonnant à ce qu'il fît des trucs de meurtrier. Peut-être essayait-il de s'immiscer dans la combine de Baldani et Lukather. L'une de ces enveloppes contenait un gros paquet de fric. Will supposait que l'armée payait à peu près aussi bien que le GBI, autant dire qu'ils auraient mieux gagné leur vie en vendant des hamburgers. Cela faisait des années que Reacher avait quitté l'armée. Il menait la vie d'un vagabond des temps modernes. Will n'avait réussi à trouver ni voiture ni maison enregistrée à son nom. Reacher ne semblait posséder rien d'autre que sa brosse à dents et, pour être franc, le truc devait grouiller de microbes à force de traîner toute la journée dans la poche arrière de son pantalon.

Will se pencha et souleva deux nouveaux lingots. Il pivota, les déposa dans la main tendue de Reacher, revint de face, se répétant intérieurement :

L'adjoint Phillip Michael Deacon n'avait jamais pris son premier petit-fils dans les bras. Il n'avait jamais vu son fils jouer au base-ball. Il n'avait jamais pu embrasser une dernière fois sa femme.

Will fit passer deux autres lingots. Il avait pris un risque en révélant sa véritable identité à Reacher. Cela dit, il savait que l'autre n'allait pas sortir son téléphone pour lancer une recherche sur Google. Les vagabonds n'avaient pas de téléphone. D'un autre côté, les vagabonds avaient besoin d'argent. À quinze dollars de l'heure, on était déjà au-dessus de ce que pouvaient espérer la plupart des Américains en contrepartie d'un travail de forçat à y laisser la santé, voire la vie. Mais Reacher était un criminel et les criminels avaient en général des moyens plus commodes de se faire du fric. Alors pourquoi Reacher suivait-il Baldani ? La question restait entière. Essayait-il de percer la combine à l'origine de cette grosse enveloppe de cash ? Ou cherchait-il, comme Will, à laisser le connard sur le carreau ?

Lukather changeait complètement la donne.

Mais c'était un problème de catégorie Lukather, pas un problème de catégorie Will.

Les magouilles sur la base ne figuraient pas dans son ordre de mission. Aux dernières nouvelles, il n'était là que pour rassembler les preuves qui conduiraient Jack Reacher dans le couloir de la mort.

À l'époque, en 1997, les tests ADN n'en étaient qu'à leurs balbutiements et représentaient un coût bien trop élevé pour la plupart des services de police. Aujourd'hui, on arrivait presque à prélever un pet dans un accroc de chaise en simili et à avoir les résultats en moins de vingt-quatre heures. Ou bien, autre exemple, on pouvait extraire de l'ADN dans le résidu sec de trois gouttes de sueur tombées vingt-deux ans plus tôt sur les pages d'un livre intitulé *Guide ornithologique du sud-est des États-Unis*.

L'expert papier du GBI avait pu extraire un profil ADN complet à partir de la page de titre du chapitre 16 : « Le colibri, ardent défenseur des jardins ». La base CODIS[1] n'avait pas établi de correspondance parce que le système ne contenait pas les informations biométriques de Jack Reacher. Logiquement, il aurait ensuite fallu trouver un juge prêt à signer un mandat forçant Reacher à fournir un échantillon d'ADN, or même le juge le plus sanguin, le plus cocardier, le plus chauvin de l'état de Géorgie s'y était refusé.

La chaîne des preuves n'était pas en cause. Will disposait du registre de preuves des services GBI de Dry Branch dans lequel était consigné que l'ouvrage de la bibliothèque était resté en possession de l'État depuis le 16 avril 1997, date à laquelle Phillip Michael Deacon s'était fait tirer dessus. Il avait la lettre de transport de l'éditeur et les registres de la société d'expédition prouvant que le livre avait été reçu le matin même à la bibliothèque de Margrave. Il avait le rapport médico-légal de

1. Combined DNA Index System : banque de données qui répertorie les profils ADN aux États-Unis.

1997 qui confirmait que les seules empreintes digitales exploitables avaient été retrouvées sur la couverture du livre et qu'elles appartenaient à la bibliothécaire. Il avait la déclaration sous serment de cette même bibliothécaire témoignant sous peine de parjure que le seul usager qu'elle ait jamais vu manipuler le livre était l'inconnu numéro 1, qui était aussi l'inconnu numéro 2.

Un fondement juridique permettant de contraindre Jack Reacher à fournir son ADN, voilà ce qu'il manquait à Will.

Will se heurtait à ce que l'on appelait dans le métier le « paradoxe de la combinaison et de la clé », ce qu'on pouvait expliquer par l'exemple suivant : soit un méchant ayant planqué des preuves incriminantes à l'intérieur d'un coffre ; si le coffre est équipé d'une serrure à combinaison, la police ne peut pas obliger le méchant à donner la combinaison mais, si le coffre s'ouvre à l'aide d'une clé, les flics peuvent contraindre le méchant à la leur donner.

Les tribunaux ont extrapolé en bloc *l'esprit* de ce raisonnement, du déverrouillage du téléphone au moyen de l'empreinte digitale à l'identification biométrique pour accéder à un ordinateur. En termes d'auto-incrimination, la personne physique est ce qu'il y a de plus « auto ». Le contenu de vos pensées, se souvenir d'une combinaison ou du code d'un téléphone, par exemple, vous appartient en propre. Vos empreintes digitales, vos yeux, votre visage, la forme de vos oreilles, votre démarche et surtout votre ADN sont à vous et à vous seul, et les tribunaux répugnent à s'en servir contre vous sans une sacrée bonne raison de le faire.

Fort heureusement pour Will, il existait d'autres moyens de se procurer légalement l'ADN d'un suspect.

— Baldani, dit Reacher.

Will se retourna pour voir le major arriver dans le couloir, mais ce gros con était encore dehors à faire une pause clope avec le reste de l'équipe de nettoyage.

Reacher s'octroyait apparemment une pause, lui aussi. Cela faisait plus de deux heures qu'il n'avait pas décroché la mâchoire et voilà qu'il ôtait son masque chirurgical. Il s'appuya contre l'encadrement de la porte, les bras croisés sur un torse qui faisait probablement un mètre de large.

Will retira son masque, lui aussi.

— Eh bien quoi, Baldani ?

— Je me demande si l'on en sait davantage sur lui chez vous que chez nous, dit Reacher.

Will ne voyait pas du tout de quoi il parlait.

— Toi d'abord, dit-il.

— Nous savons que le major exploite un réseau d'usuriers dans toute la ville. Il brise les jambes des petites filles. On m'a envoyé ici pour que je m'en occupe. Et toi ? dit Reacher.

Will se garda de dévoiler la raison de sa présence.

— Lukather en est, elle aussi.

Ce n'était pas un scoop puisqu'ils avaient tous deux vu le colonel empocher l'enveloppe mais, au lieu de le faire remarquer, Reacher ôta ses gants tout pétés et les fourra dans la poche arrière de son pantalon.

Will pensait au coton qui avait absorbé la sueur des mains de Reacher. À la brosse à dents sale qui hébergeait entre ses poils tout ce magnifique ADN. Si Reacher venait à se débarrasser de l'un ou de l'autre, les jetait à la poubelle ou les oubliait sur un banc, s'il les abandonnait à l'entrée du fort, Will pourrait alors les récupérer et s'en servir pour un test ADN.

— Deux enveloppes. Une pleine de fric, dit Reacher.

Will embraya :

— Baldani voulait que Lukather lui prenne les enveloppes au grand jour. Dans un lieu public truffé de caméras de surveillance et de témoins oculaires.

— Sa police d'assurance, dit Reacher. Si l'un plonge, l'autre aussi.

Will sentit son cou se crisper. Il n'était pas habitué à devoir lever la tête pour discuter avec quelqu'un. À la façon dont Reacher récupéra ses gants en coton et s'efforça d'y faire rentrer ses gros doigts, il était clair qu'il avait aussi compris que Will ne lui serait pas d'une grande aide.

Et ça craignait.

Will fit rapidement défiler les différentes options qui s'offraient à lui. La brosse à dents était toujours dans la poche arrière du pantalon de Reacher, où il serait malvenu d'aller fouiller. Reacher n'avait pas changé de paire de gants, et crasseux comme ils étaient, la propreté n'était certainement pas sa priorité. Le masque n'était pas remplacé. Reacher ne se servait pas d'une bouteille d'eau. Il ne fumait pas, ne mâchait pas de chewing-gum, ne crachait pas. Sa peau ne présentait aucune plaie, et à quoi bon puisque de l'huile hydraulique s'en serait probablement échappée sinon. Pour récupérer un échantillon d'ADN abandonné sans que Reacher le sache ou y consente, Will devrait le serrer de près et attendre qu'il commette une erreur.

— Faudrait qu'on jette un œil à cette clé USB, dit Will.

Reacher ne releva pas le « on » mais fit une pause avec ses gants et attendit la suite.

— Sans vouloir rejouer l'opération « Grand Chelem », Lukather est quand même responsable de tout l'or stocké ici.

Il attendit mais Reacher ne mordit pas à l'hameçon.

— Baldani n'est qu'un instrument, reprit Will. C'est Lukather qui tire les ficelles. Disons que ce n'est pas une simple affaire d'usure et de jambes brisées. Cette clé USB pourrait…

Reacher se baissa et empoigna un lingot. Le métal lançait des éclats brillants qui projetaient un halo jaune sur son visage. Il se redressa. Il le tenait sous les yeux de Will comme s'il n'y en avait pas eu des tas d'autres tout autour et dit :

— Je me souviens d'un James Bond avec une voiture tout en or. Vu le poids, je me demande si elle pourrait ne serait-ce que sortir du parking.

Il parlait de la Rolls-Royce d'Auric Goldfinger. Ado, Will s'était davantage penché sur cette voiture que sur n'importe quel *Playboy*, et pendant beaucoup plus longtemps.

— C'est une Phantom III 37. Le dernier moteur V12 jusqu'à la Silver Seraph. Suspension à ressorts hélicoïdaux à l'avant et semi-elliptiques à l'arrière. Il était préférable de booster le freinage, mais elle pouvait l'encaisser.

— De l'ordre de 25 litres au 100 à plein régime, à ce que j'ai entendu dire. Mettons que tu arrives à 30 pour une virée à la campagne. Sans parler du couple nécessaire pour trimballer l'or.

— Et le parapluie. (Will comprit ce qu'il voulait dire.) Le réservoir fait quoi, 95 litres ?

— 150, à ce qu'on m'a dit.

Will fit quelques calculs dans sa tête.

— C'est dingue !

— L'un de nous deux va devoir cogner Baldani, dit Reacher.

Will sentit ses sourcils se relever jusqu'à la racine de ses cheveux.

— L'autre interviendra alors pour faire cesser la bagarre.

Will avait hâte d'entendre la suite.

— Baldani va se précipiter chez le colonel, qui voudra alors entendre le coupable et le témoin. Elle va nous séparer. L'un dans son bureau, l'autre dans une pièce distincte pour vérifier que nos histoires se recoupent.

— Et ensuite ?

Reacher empilait l'or dans le coffre.

— La clé USB est forcément quelque part

dans son bureau. Elle ne peut interroger que l'un de nous deux à la fois. Celui de nous deux qui aura atterri dans son bureau devra la trouver. De préférence la voler, mais au pire simplement regarder ce qu'il y a dessus histoire de s'assurer qu'elle ne cherche pas à irradier les réserves d'or du pays pour les cinquante-sept ans à venir.

— Cinquante-huit, pour être exact. (Will voyait une énorme faille dans ce plan.) Elle nous mettra tous les deux dehors. Si on ne se retrouve pas en carabousse.

— La carabousse, c'est en mer. Mais, oui, nous irons au gnouf, capitaine Wolfe. (Reacher ne s'attarda pas sur l'erreur de Will.) Lukather a dit qu'elle partait d'ici le mois prochain, à la retraite. Il lui reste un jour voire deux pour battre son dernier record de nettoyage de l'or. Nous sommes ses meilleurs ouvriers. Elle veut finir en beauté. Fais-moi confiance, nous en serons quittes pour un sévère avertissement, puis elle nous renverra au turbin. Ici, c'est l'armée. La mesure adoptée est celle qui sert le mieux les intérêts de l'officier.

Will y réfléchissait.

— Notre histoire qui se recoupe, ce serait quoi ?

Reacher haussa les épaules.

— Baldani est un trouduc.

Il n'avait pas tort.

— Je lui mettrai un petit coup. Juste de quoi le faire saigner.

Will savait qu'il y avait certainement un moyen plus simple de s'introduire dans le bureau du colonel, mais une partie du plan de Reacher lui plaisait énormément.

— C'est moi qui frapperai Baldani.

— Il vaudrait mieux que ce soit moi.

— Non, je t'assure, je vais le faire. (Will sentit à l'avance un frisson d'excitation lui remonter le long du poing.) Nous devons juste le sonner, pas lui démonter complètement la mâchoire.

Reacher se rangea à son avis sur ce point, ce qui rappela à Will qu'une grande propension à la violence bouillonnait en Jack Reacher. C'était un ex-flic qui avait tiré deux balles dans la tête d'un autre flic. Un homme qui a déjà franchi cette ligne n'a pas de mal à la franchir une deuxième fois, puis une autre. Jack Reacher avait probablement passé les vingt-deux dernières années à piétiner toutes les lignes en travers de sa route.

— Ohé, les sacs à merde.

Baldani signalait son retour en martelant de

ses bottes le sol du couloir comme un cheval court sur pattes.

— Remontez vos braguettes et remettez-vous au boulot.

Will attendit qu'il soit tout près et lui décocha un coup de poing au visage.

Lukather faisait les cent pas derrière son bureau, les lèvres pressées en une ligne droite courroucée.

— Vous allez me dire ce qui s'est passé entre vous et Baldani ?

Will regardait ses mains. Il n'essayait pas de feindre le remords. Il essayait de dissimuler sa stupéfaction. Un seul coup de poing, et Baldani avait perdu connaissance. Mais il n'y avait pas la moindre trace sur les phalanges de Will. Pas la plus petite rougeur. Le gars avait-il des dents, au moins ?

— Soldat ?

Will s'obligea à lever les yeux.

— Vous recherchez l'isolement, peut-être ?

Will prit ses paroles pour une menace. Carabousse ou gnouf, toute sa mission tomberait à l'eau s'il finissait derrière les barreaux.

— Veuillez accepter mes excuses, m'dame. Ça ne se reproduira plus.

— Alors ça, vous pouvez en être sûr.

Elle déboutonna le dernier bouton de sa veste. Will voyait la sueur ruisseler le long de son cou.

— Quand je parlais de provocation, ce n'était pas ce que j'avais en tête.

Elle n'en avait pas fini, loin de là, mais Will déconnecta, concentré sur la clé USB. À en juger par la bosse que cela formait sur l'enveloppe, elle devait faire la taille d'un pouce. Il y avait deux ports USB à l'arrière de l'ordinateur de Lukather. Will supposait que le système était verrouillé par un mot de passe, ce qui excluait la possibilité d'y jeter un coup d'œil. Non qu'il eût beaucoup misé sur cette option. Dans tout film d'action, la scène la moins crédible, c'est quand Tom Cruise fourre la clé USB dans l'ordinateur et accède au contenu du premier coup.

— Wolfe. (Lukather tambourinait sur le plateau de son bureau pour le rappeler à l'ordre.) Pouvez-vous m'expliquer avec des mots simples pourquoi vous avez frappé Baldani ?

Will s'en tint au plan.

— C'est un trouduc.

— Il l'était déjà quand vous l'avez vu ici la première fois et vous ne l'avez pas massacré pour autant. (Elle prit appui sur son bureau, clairement désappointée.) Dave dit qu'il marchait dans le couloir, qu'il n'embêtait personne, et que vous lui êtes tombé dessus.

Will se souvint de sa dernière dispute avec sa copine.

— On m'a déjà dit que, pour un gars futé, il m'arrivait de faire des trucs vraiment stupides.

— Pour l'amour de…

Elle leva les yeux vers le plafond comme si elle espérait trouver une explication dans l'auréole marron de l'eau d'infiltration. Manifestement cela ne lui donna pas la réponse. Du moins pas celle qu'elle attendait.

— Restez là.

Will entendit la porte claquer dans son dos. Des pas lourds dans le couloir. Une autre porte fut ouverte, puis claquée. Elle voulait entendre la version de Reacher, tout comme Reacher l'avait prédit.

Avait-il aussi raison au sujet de la clé USB ?

Will se leva, se hissa sur la pointe des pieds et, de la tête, dégagea l'un des panneaux du faux plafond. La lampe torche de son téléphone éclaira des crottes de rat, le siphon de la douche du dessus et des conduites d'alimentation en polyéthylène réticulé qui fuyaient car un idiot avait utilisé des raccords à clipser pour les raccorder au tuyau en acier galvanisé.

Cela expliquait pourquoi le lambris gondolait sur les murs.

Il inclina la tête, et la dalle du plafond reprit sa place. Il évalua les options qu'il lui restait. Les classeurs à tiroirs étaient verrouillés. Il n'y avait pas de tableaux aux murs. Derrière l'horloge, il ne trouva rien d'autre que des entrailles d'horloge. Le bureau de Lukather était le seul endroit qu'il pouvait fouiller. Il commença par les tiroirs dans lesquels des boîtes de stylos et d'agrafes s'alignaient avec une précision militaire. Il les ouvrit une par une, mais n'y trouva que des stylos et des agrafes. La pelote d'élastiques ne contenait que des élastiques. La boîte de tampons était bien une boîte de tampons. Le paquet extra-large de Skittles était rempli de Skittles.

Il s'attaqua alors aux dossiers empilés sur le bureau, en feuilleta délicatement les pages pour éviter de les corner, à la recherche de l'enveloppe contenant le périphérique USB révélateur. Il passa la main sous l'assise du fauteuil. Il vérifia, de même, les deux autres chaises. Il retourna le pot à crayons et la boîte de trombones et trouva des crayons et des trombones.

Pas la moindre trace.

Will picorait des Skittles en tendant l'oreille.

Reacher prenait vachement plus de temps que lui à raconter sa version des événements. Ou peut-être que Lukather était allée rejoindre Baldani. Ou qu'elle était en train d'attendre que la police de l'armée se pointe et le traîne en prison : après tout, Reacher n'était pas un gentil, et il était futé puisqu'il avait persuadé Will d'assommer un major de l'armée américaine.

Will revint au contenu du bureau. Il essaya de se glisser dans la peau de Lukather. N'y parvenant pas, il rouvrit les tiroirs mais passa, cette fois, la main sous le fond.

Bingo.

Du bout des doigts, Will sentit le bord d'une enveloppe scotchée sous le fond du tiroir. Il se mit à genoux et utilisa la torche de son téléphone pour examiner l'objet. L'enveloppe blanche était fixée avec du chatterton. Rien qu'à la forme, il sut qu'il avait trouvé la mauvaise enveloppe. Lukather avait planqué le fric sous son bureau. Au moins dix mille dollars, en billets de cent bien lisses, pas de ces billets de dix ou de vingt tout froissés sortis des poches des gens désespérés, ce qui signifiait que l'argent de l'usure avait été blanchi.

Mais où pouvait bien être la clé USB ?

— … me mettez dans la merde. (Lukather était dans le couloir. La poignée de la porte pivota, mais la porte resta fermée.) D'après vous, caporal, c'est mon problème ou c'est le vôtre ?

Il y eut un bredouillement, puis quelqu'un partit dans le couloir en courant.

Will était assis quand elle entra.

Lukather lui jeta un rapide coup d'œil, certaine que quelque chose clochait mais incapable de dire quoi. Elle glissa à nouveau la tête dans le couloir.

— Reacher, dans mon bureau.

Reacher eut l'air de rechigner à l'idée d'entrer dans la pièce exiguë. Il était obligé de rentrer le menton contre sa poitrine. Il attendit que Lukather ait pris place pour caser sa stature de colosse sur la chaise en plastique, à côté de Will. Même assis, le plafond l'obligeait à se ratatiner. Si on lui avait filé un journal, on aurait juré voir l'incroyable Hulk sur les gogs.

Lukather se balança en arrière dans son fauteuil. Elle avait à présent déboutonné sa veste jusqu'en bas, complètement en nage.

— Dave, ramène ton cul.

La porte était déjà ouverte, mais Baldani la fit claquer contre le mur. Will marqua un temps d'arrêt. À voir la tête du mec, on aurait dit qu'un cannibale lui avait gerbé dessus.

— Allez, les gars. On fait ami-ami, dit Lukather.

— C'est quoi, ce bordel ?, protesta Baldani

— Ce bordel, *c'est moi*, major.

Lukather se tourna vers Will.

— Je ne vais pas perdre ma salive à vous demander de vous excuser, mais dorénavant j'attends de vous que vous gardiez vos poings tranquilles. C'est bien compris ?

Will acquiesça, s'évitant ainsi d'ouvrir la bouche et de sourire de toutes ses dents. C'était l'un des nombreux écueils des opérations en sous-marin au milieu des méchants : Will s'en délectait beaucoup trop. Lukather n'était pas la seule femme qui lui ferait passer un sale quart d'heure si les choses tournaient mal. En Géorgie, Will avait une vraie cheffe qui s'était mouillée jusqu'au cou pour faire entrer Jack Wolfe à Fort Knox.

Il se reprit intérieurement : *Arrêter les conneries. Se procurer l'échantillon d'ADN. Établir la correspondance avec celui de Reacher. Arrêter le tueur de flic.*

— C'est compris, dit-il en se raclant la gorge.

— Va te faire foutre, baltringue. (Baldani n'entendait pas lâcher l'affaire.) Colonel, c'est pas juste, vous le savez.

— Je sais que je dois faire ce qui est juste

dans l'intérêt de la réserve. (Lukather essayait de lui faire entendre raison.) Dave, nous avons une chance de terminer demain si nous gardons ces gars sur la brèche. Sans eux, nous devrons compter deux jours de plus, peut-être davantage. Je veux que ce boulot de nettoyage soit plié fissa. Vous et moi, nous avons *tous les deux* mieux à faire.

— Merde. (La lèvre de Baldani était tellement gonflée qu'il en zézayait.) On n'en a rien à foutre de battre le record. Nous avons encore deux semaines pour boucler le boulot et ce n'est pas le moment d'avoir des problèmes. Ce n'est *particulièrement* pas le moment.

Du regard, elle le rappela à l'ordre.

— Attention.

— *Colonel.*

Les yeux de Baldani allaient de Reacher à Will, de Will à Reacher. Il n'était vraiment pas doué quand il s'agissait de ne pas parler de ce dont il ne devait pas parler.

— Nous devons *éviter les problèmes*. Êtes-vous vraiment *sûre de vous* ?

— Aussi sûre que le Kilimandjaro se dresse comme l'Olympe au-dessus du Serengeti[1].

1. Phrase (particulièrement absurde et géographiquement erronée) empruntée au refrain de la chanson *Africa* du groupe Toto.

Elle repoussa à nouveau son fauteuil en arrière. Sa veste remonta. Will aperçut le coin d'une enveloppe blanche sortir de sa poche intérieure.

La clé USB.

— Messieurs, la récréation est finie. (Le ton sec de Lukather signifiait que la discussion était close.) Dave, veillez à ce que le plein de mon POV soit fait. Reacher, Wolfe, vous resterez aux coffres jusqu'à la fin de votre service. De là, vous vous rendrez directement à votre chambre d'hôtel où vous resterez consignés jusqu'à demain matin. Vous ne la quitterez que vingt minutes avant de venir prendre votre service. Vous vous signalerez alors à la réception de l'hôtel et, de là, vous serez conduits aux coffres sous escorte et vous poursuivrez votre travail. Dès que le travail sera terminé, si Dieu le veut d'ici demain soir, vous ne mettrez plus jamais les pieds sur ma base. Est-ce que c'est clair ?

Personne ne répondit.

Elle arrangea sa veste. L'enveloppe disparut.

— Je veux entendre un « Bien, m'dame » de la bouche de tous les branleurs présents dans cette pièce.

Leur réponse, en chœur, produisit une parfaite harmonie de résignation et de mépris.

— Bien, m'dame.

4

Trent et Reacher étaient de retour au coffre. Ils se remirent au travail. *Cling, cling.* À un rythme soutenu. « Ses meilleurs ouvriers. »

— La clé USB était encore dans l'enveloppe. J'ai vu le coin dépasser de la poche intérieure de sa veste. Impossible de mettre la main dessus sans être accusé d'agression, dit Will.

— Qu'est-ce qu'il y avait dessus ? dit Reacher.

— J'en sais rien. Je viens de te le dire. Pas moyen de mettre la main dessus.

— Essaie de deviner, dit Reacher. Prends ça comme un exercice intellectuel. Imagine que tu es officier de police. Réfléchis comme un détective.

— Des données.

— Sur quoi.

— J'en sais rien.

— En rapport avec les prêts usuraires, ou autre chose ?

— Autre chose, dit Will. S'il s'agissait d'un relevé électronique des comptes, la clé aurait été dans la même enveloppe que la part du butin.

— Excellent, dit Reacher. Tu t'en tires plutôt bien. Penses-y si tu cherches à te reconvertir.

— Merci.

— Alors, il pourrait s'agir de quoi d'autre ?

— Un truc confidentiel, j'imagine.

— Dans quel but ?

— Pour le vendre, je suppose. Elle est corrompue, ça c'est sûr. Elle pense prendre sa retraite, elle te l'a dit. Elle veut peut-être se mettre un petit pécule de côté.

— Quel genre de truc confidentiel ?

— Eh bien, à Fort Knox, la réponse me paraît évidente, dit Will.

— Sauf que c'est Baldani qui a remis la clé USB. Que peut-il bien savoir ? Lukather doit être bien mieux informée des questions de sécurité. C'est elle la commandante en chef. Ici on est à l'armée. Je peux te garantir que Lukather en sait beaucoup plus que Baldani. Donc, la clé USB n'a rien à voir avec la sécurité de Fort Knox. Il s'agit d'un autre truc secret que Baldani lui fait remonter. Cela réduit un peu l'éventail des possibilités.

Ils poursuivirent leur travail un instant. *Cling, cling.*

— Où va-t-elle vendre la clé ? dit Reacher.

— C'est quoi un POV ? demanda Will.

— *Privately-owned vehicle*, un véhicule privé.

— Alors quelque part loin d'ici. Elle a demandé à Baldani de faire le plein.

— Quand est-ce qu'elle va la vendre ?

— Dès qu'elle le pourra, je pense. Elle la garde dans la poche intérieure de sa veste. Ce qui semble être un moyen personnel très prudent mais aussi temporaire. Du genre quelque chose de précieux mais qui n'est pas supposé rester là bien longtemps.

Ils reprirent encore un instant le travail. *Cling, cling.*

— Nous aurons terminé le boulot demain, dit Reacher.

— C'est pour ça qu'elle nous a gardés. T'avais raison.

— On sera renvoyés de la base. Si on veut savoir ce qu'elle manigance, c'est ce soir ou jamais.

— Et c'est ce que nous voulons ?

— Cette affaire pourrait durer des lustres. Je déteste les contrats longue durée. Il vaut mieux la coincer dès ce soir.

— C'est toi qui le dis.

— Sinon, quand ? C'est ce soir ou jamais, je te dis. Nous la prendrons la main dans le sac. Poursuis l'exercice intellectuel. Imagine que tu es un agent des forces de l'ordre et que tu fais semblant de ne pas en être un. Alors, tu seras forcément d'accord avec moi, on doit agir sans tarder.

— Si j'étais un agent des forces de l'ordre, je te ferais probablement remarquer que nous n'avons aucun moyen légal d'atteindre ces objectifs. Nous sommes consignés pour la nuit, nous n'avons pas de véhicule et je ne te parle même pas de mandat ni de juridiction.

— Nous sommes dans le Kentucky, dit Reacher. Je suis sûr qu'il existe une sorte de clause dérogatoire.

— Elle va poster un garde à l'hôtel.

— Même deux, je suis sûr. Un à l'avant, un à l'arrière. On va avoir besoin des deux.

Ils dînèrent à l'hôtel de bonne heure, Reacher plutôt scrupuleusement, fidèle à son précepte : *Mange quand tu en as l'occasion, on ne sait jamais de quoi demain sera fait.* Comparé à lui, Trent mangeait avec avidité. Il avait probablement eu faim à un moment donné de sa vie. Enfant, peut-être.

Ils sortirent ensuite par-derrière. La sentinelle était un soldat deux galons de la police militaire, vêtu de la nouvelle tenue de combat, pistolet à la ceinture, casquette sur la tête, un visage à l'expression aimable, presque enjouée, prêt à fraterniser avec les soldats de tous bords et de tous camps confondus. Comme si ces conneries de sentinelle n'étaient qu'une simple formalité, une comédie.

Reacher lui décocha un uppercut du droit à la pointe du menton. Il lui prit ensuite son arme. Puis il ficela le gars avec du chatterton piqué au local d'entretien. Cela n'était pas du goût de Trent. Un flic, très certainement. Peut-être un défenseur des droits humains.

Reacher revint ensuite sur ses pas, traversa le hall et procéda de même avec la sentinelle à l'avant. Cela faisait deux flingues. Puis il vola leur voiture. Une Dodge Charger kaki, avec le plein. Il l'ouvrit et la démarra. Trent se tenait à l'écart, à deux ou trois mètres. Ils échangèrent quelques mots par la vitre ouverte.

— Il existe un jugement de la Cour suprême, dit Reacher. Ça s'appelle l'état de nécessité imparfaite. Vouloir empêcher un gros délit justifie parfois d'en commettre un petit.

— Parfois ?

— Ça doit dépendre. Ce sont tous des avocats. Ils veulent garder leur travail.

Trent restait silencieux.

— Maintenant, j'y vais, dit Reacher. Je ne peux pas me permettre de la manquer.

Trent monta à son tour.

Lukather quitta la base trente minutes après. Juste à la tombée de la nuit. Mais elle n'était pas seule. Baldani était assis à côté d'elle. Et juste derrière, il y avait une autre voiture occupée par quatre armoires à glace. Puis venait Reacher, Trent assis à côté de lui, à une centaine de mètres derrière, dans une voiture kaki, couleur de prédilection des budgets serrés. Cette couleur ne coûtait pas cher car elle était extrêmement répandue, donc économie d'échelle, et devait sa popularité au fait qu'aucune autre mieux qu'elle n'avait longtemps offert meilleur camouflage, en particulier à la tombée de la nuit. C'était donc parfait pour une filature. Dans ce coin des États-Unis, les routes étaient longues et toutes droites. Les voitures se suivaient parfois des heures entières. Cette voiture de la police militaire était une aubaine. Avec le plein, un super GPS, des fusils dans le coffre, d'énormes quantités de munitions neuf millimètres.

— J'ai revu mes estimations à la hausse, dit Will. Lukather fait une très longue route en voiture avec quatre gros durs pour sa protection. Elle doit donc avoir quelque chose de très précieux. Cela signifie qu'elle est en contact avec quelqu'un de haut placé.

— Ça commence à t'intéresser ? dit Reacher.

— À titre d'exercice intellectuel…

— Si son contact est si haut placé, il aura des gros durs avec lui. Question de prestige. Si elle en fait venir quatre, il en fera venir cinq, voire davantage.

— Nous ne pourrons pas approcher.

— J'admets que ce n'est pas gagné d'avance.

Ils avaient parcouru dans les cent cinquante kilomètres quand Lukather se rangea sur le parking en gravier d'un restoroute. Le véhicule d'escorte se rangea derrière elle. Reacher avança au point mort jusqu'au bâtiment suivant, à quelque deux cent cinquante mètres de là. Il s'agissait d'un magasin de surplus qui vendait à peu près tout ce que l'on voulait pour peu qu'on le voulût couleur camouflage. Il était fermé. Reacher y gara la voiture, et ils revinrent sur leurs pas.

Le restoroute était un espace de commerce. Ouvert à tous. Mais en fait pas vraiment. Un de ces endroits où… enfin bon. Lukather ne s'y serait jamais sentie à l'aise à moins d'être accompagnée de cinq types. On y aurait même sûrement regardé d'un mauvais œil quelqu'un comme lui, songea Reacher. Et il aurait fait la même chose en retour, et du coup eux aussi… bref ce genre d'endroit où les plus nombreux l'emportent. Alors, il semblait plus prudent de rester dehors et d'épier par la fenêtre.

Ils aperçurent Lukather assise en face d'un homme au teint blafard. Le visage dur, vide. Totalement inexpressif. Le résultat d'une vie d'entraînement. Russe, à coup sûr. Il y avait cinq hommes derrière lui. Les quatre hommes de Lukather étaient déployés derrière elle. Baldani était assis à côté avec un autre Russe, genre chef d'état-major.

Lukather remit la clé USB au type face à elle.

Il hocha la tête.

Deux de ses hommes déposèrent deux valises sur la table. À peine plus grosses que les bagages cabine autorisés par les compagnies aériennes.

— OK, murmura Reacher. À présent nous devons opérer légalement et efficacement. D'accord ?

— Bien sûr, chuchota Will.

— Par « légal », j'entends que nous nous en

tenons à des réactions strictement appropriées, strictement de l'auto-défense. D'accord ?

— Bien sûr, chuchota encore Will.

— Par « efficace », j'entends que nous sommes les premiers à foncer. Avant qu'ils soient prêts.

— Ce n'est pas de l'auto-défense.

— Je veux dire, en gros.

— Bon Dieu, dit Will.

— Ne te préoccupe pas des détails. Donne-moi juste un coup de main, entre collègues de boulot. Peut-être que ça ne donnera rien de toute façon. Je ne vais pas chercher la bagarre. J'espère qu'ils vont se rendre plutôt vite. Je l'espère vraiment.

Le plan était le suivant : lui, Reacher, attendrait derrière la fenêtre du bout tandis que Trent se faufilerait vers la porte. Après quoi, la croisée de deux lignes de tir divergentes forcerait les treize conspirateurs à reculer le long du mur où, acculés, ils lèveraient les mains en l'air et se rendraient.

Les choses ne se passèrent pas comme ça. L'un des Russes aperçut Reacher à la fenêtre et fit immédiatement feu. Il éclata la fenêtre et fut à deux doigts de viser juste. Reacher riposta à travers l'ouverture en dents de scie et abattit le gars. Puis un autre. Et encore un autre.

En réaction, les coups de feu s'intensifièrent sérieusement. Assez sérieusement, sembla-t-il, pour que l'esprit borné de Trent franchisse d'un bond une espèce de seuil d'urgence de dernier recours. Posté sur le côté, il se mit soudain à tirer. Cela rendit les choses plus faciles, mais plus désordonnées aussi. Baldani se jeta à terre. Non qu'il fût touché, juste pour se cacher. Mais une balle ricocha, fit voler une étagère en éclats, et un extincteur lui tomba sur la tête. Les types tombaient de toutes parts.

Reacher entra tant bien que mal par la fenêtre, alors complètement explosée. Tout juste un trou dans le mur. Trent entra tant bien que mal par la porte. Les survivants furent repoussés dans le coin le plus reculé. Ils commencèrent à envisager de lever les mains. Reacher les tenait en joue.

Soudain Lukather se précipita vers la porte. Seul Trent lui faisait obstacle. Il eut une réaction exemplaire. Sans réfléchir, il lui balança direct son poing dans la figure.

Mais ensuite il eut une réaction moins exemplaire. Il fut pris d'un soubresaut décalé de galanterie et retint son geste qui finit en petit coup sur le nez de Lukather. Assez fort pour surprendre. Assez fort pour contrarier. Pas assez fort pour infliger des dommages.

Lukather, furieuse, se jeta sur lui et lui décocha un crochet du droit qui l'atteignit à l'oreille et le fit toupiner. Elle lui enfonça son coude dans les reins. Comme elle s'apprêtait à lui porter un *forearm smash* à la gorge, tout instinct de galanterie abandonna Trent et il lui mit enfin le coup de poing par lequel il aurait dû commencer. Elle prit le coup en plein sur la bouche, en fut soulevée du sol dans une giclée de sang et retomba à plat sur le dos.

Reacher haussa les épaules et hocha la tête. D'un air de dire, bon boulot, faut le reconnaître.

Trent traîna Lukather à côté de Baldani. Ils en étaient donc à deux tas sans connaissance, plus le gars blafard avec deux de ses larbins, tous les trois conscients mais renfrognés. Ils avaient la clé USB, et les valises. Que Trent ouvrit. Du bout des doigts, il compta horizontalement et verticalement, puis effectua la multiplication mentalement.

— Un million de dollars dans chaque, dit-il.

— Mets la clé USB dans l'une des deux, dit Reacher. Et referme les valises. Range-les bien à côté de la porte. N'éparpillons pas le trésor.

Ce que fit Trent.

— Tu vas les voler ? dit-il.

— Tu vas me vexer.

— Oui ou non ?

— Tu penses pouvoir m'en empêcher ?
— Je n'en suis pas sûr.
— Moi, je suis sûr que non, dit Reacher.
— OK, dit Will.
— Bien sûr que non, je ne vais pas les voler, dit Reacher. Ce sont des preuves. Le problème, c'est de savoir qui prévenir. Pas le service de police locale. Ça, c'est sûr. Ce n'est même pas la peine d'y penser. Ça les rendrait complètement fous. Si tant est qu'il y ait un service de police locale. Pas la police militaire de Knox non plus. J'ai assommé deux d'entre eux. Ils risquent de se faire une fausse idée des choses, au départ. En plus, c'est une très grosse affaire. Avec des Russes, et tout. Du fric dans des valises. Je crois que nous devrions directement appeler le Pentagone.

Moins d'une heure et quarante minutes après, tout était plié. Reacher avait fait une déclaration sous serment. Trent avait fait la même chose. Les prisonniers avaient été placés en détention préventive. Les preuves matérielles avaient été mises en sachets, étiquetées et emportées. Les ambulances arrivaient. Reacher et Trent remontèrent dans la voiture kaki et rentrèrent. Presque cent cinquante kilomètres. Presque sans un mot.

5

Quand Will arriva au coffre le lendemain, il vit que l'équipe de nuit avait abattu de la besogne. Les rouages continuaient apparemment à bien faire tourner la machine sans Lukather ni Baldani pour les pousser. Les deux portes des coffres ouvertes hier étaient à présent hermétiquement verrouillées. Les rubalises avaient été raccrochées. Les feuilles avec les numéros de série y étaient suspendues, dans leurs enveloppes en plastique. Il y avait deux nouvelles portes grandes ouvertes. Deux couches de lingots d'or étaient déjà empilées sur une palette.

Lukather avait eu raison sur un point. En gardant une bonne allure, ils réussiraient à terminer le jour même.

Will reconnut le *cling* familier de l'or tintant contre l'or à l'intérieur du coffre. Reacher était déjà au travail, ce qui n'avait rien d'étonnant. Will aurait pu parier que, malgré l'agitation de la veille, Reacher n'était pas homme à laisser un boulot en plan.

Ce n'était pas son genre de se dégonfler.

— Bonjour, dit Will.

Reacher lui fit un signe de tête en déposant l'or sur la palette. Abandonné à lui-même, il était passé à triple dose, trois lingots dans chaque main ; Will commençait à sentir poindre l'humiliation, lui qui avait besoin de ses deux mains pour soulever quatre-vingts kilos en curl biceps. Et encore, dans ses bons jours.

Reacher empila les lingots en silence et retourna en chercher d'autres dans le coffre.

Will grimaça en enfilant ses gants de coton. Ses jointures étaient en lambeaux. Des bleus noirâtres maculaient ses mains, comme des taches d'encre. Si le procureur demandait une empreinte des dents du colonel Stéphanie Lukather, Will serait en mesure de la lui fournir. Son principe *Ne jamais frapper une femme* s'était carapaté dès l'instant où elle lui avait claqué l'oreille et envoyé un coude étonnamment pointu dans les reins.

Il attendit que Reacher s'agenouille devant la palette pour pénétrer dans le coffre et, des deux mains, saisir deux lingots. En se retournant, il vit la brosse à dents de Reacher dépasser de la poche de son pantalon.

Les poils. Le manche. Le plastique. Cela valait le frottis buccal d'un kit de test ADN.

Reacher se releva. Il entra dans le coffre. Will alla empiler ses deux lingots. Ils enchaînèrent ainsi les allées et venues, en s'étirant pour attraper les lingots, en s'agenouillant pour les empiler, synchronisés comme une courroie de distribution rythmant arbre à cames et vilebrequin.

Will parcourut mentalement les événements qui s'étaient déroulés au bar la nuit dernière. Il essaya d'envisager les choses sous tous les angles. Pourquoi Reacher voudrait-il s'impliquer dans une affaire comme ça ? Il avait risqué sa vie, sa santé, mais dans quel but ? Pas pour l'argent ni la clé USB. Will aurait été incapable de l'empêcher de prendre les deux et de quitter le bar. Or Reacher était non seulement resté dans les parages, mais en plus il avait fait une déposition de son plein gré.

Ce n'était pas l'attitude d'un criminel. C'était plutôt une attitude de flic. Et Reacher *avait* été flic, il avait juste tourné le dos à la loi.

Will s'était rarement senti aussi tiraillé.

C'était le problème avec Jack Reacher : c'était une crapule qui faisait parfois des trucs bien. Will l'imaginait, avec son mode de vie nomade, comme un James Bond américain – pas le Bond du cinéma, celui des livres qui était un cran au-dessus du simple bagarreur. « M » n'était pas là pour tempérer son impétuosité. Reacher n'avait pas de permis officiel de tuer. Ni de mutiler. Ni de tirer dans le genou de quelqu'un, le truc vraiment méchant, même dans le genou d'un gangster insensible.

Du point de vue de Will, Reacher était un criminel de la pire espèce. Non parce qu'il avait la carrure d'un Mack Truck, mais parce qu'il était intelligent. Débrouillard, il avait visiblement de l'éducation, il était aussi méthodique et stratégique, si bien qu'il se situait au sommet de l'échelle supérieure de la criminalité. D'ordinaire, le seul truc à l'avantage des flics, c'était que les méchants avaient tendance à être vraiment, mais vraiment stupides.

Jack Reacher n'était pas stupide.

Will tourna le dos.

— Tu as appelé ton service ? demanda Reacher.

Will se retourna.

— À quel propos ? dit-il.

— La clé USB, dit Reacher. Elle a été enregistrée. Maintenant c'est une preuve.

— Non, dit Will.

— Moi, j'ai appelé le CID. Via l'USA-CIDC[1]. (Reacher était encore dans le coffre. Son masque lui pendait autour du cou. Il s'appuya contre le montant de la porte, croisa les bras sur le bloc-moteur qui lui servait de torse.) C'est le Criminal Investigation Division, capitaine Wolfe.

— Et alors ?

— Les numéros de sécurité sociale, dit Reacher. Il s'avère que la femme du major Baldani travaille au commandement des RH, ici sur la base. Ce qu'ils appelaient autrefois le service du personnel. Elle télécharge les numéros matricules des soldats décédés. Au moins deux mille, jusqu'ici.

— Baldani, lui, marié à une femme en chair et en os ?

— Elle ne signalait pas les décès, si bien que les nouveaux détenteurs des numéros matricules étaient éligibles à tout un tas d'avantages.

Will n'essayait même pas de faire semblant de comprendre cette histoire de numéro matricule.

Reacher lui tendit une autre perche.

— C'est l'équivalent militaire du numéro de sécurité sociale. Chaque soldat s'en voit attri-

1. United States Army Criminal Investigation Command ou Criminal Investigation Division : agence fédérale des États-Unis chargée d'enquêter sur les violations des lois militaires au sein de l'armée américaine.

buer un. Il y a une corrélation entre ancienneté et matricule, et les avantages dépendent de l'ancienneté. Je te parle de retraite, d'invalidité, de privilèges de change, de prêts aux entreprises, de prêts au logement pour les vétérans, de financement des études, d'assurance vie, de TRICARE – ce sont les soins de santé. Tu as un de ces numéros, t'es tranquille à vie.

Will sentit son estomac se retourner. Lukather n'avait pas simplement essayé de vendre l'identité de ces soldats. Elle avait essayé de vendre leurs états de service.

— Je suppose que le contenu de cette clé USB pourrait rapporter des dizaines de millions de dollars sur le marché noir. Il n'y avait que deux millions dans les valises. Lukather s'est fortement dévaluée.

Will était satisfait de savoir qu'elle passerait pas mal de temps derrière les barreaux. Déjà que l'argent manquait pour les vétérans. Que l'un des leurs ait exploité le système laissait un goût amer de trahison.

Reacher s'apprêtait à remettre son masque quand Will lui posa une question.

— Pourquoi as-tu quitté ton job ?

Reacher attendit la suite.

— Tu étais dans la police militaire. Je sais que tu as quitté l'armée mais tu es viscéralement attaché à ce job. Tu n'arrives pas à t'en passer. Pourquoi tu n'as rien fait pour revenir dans les rangs ?

— On ne peut pas toujours être exclu comme l'espion qui venait du froid.

Il faisait allusion à John le Carré.

— Attention, tu commences à me plaire.

— Je n'aime pas rester coincé derrière un bureau, dit Reacher.

— Il y a bien des façons d'être flic sans forcément rester assis derrière un bureau.

— Comme travailler en sous-marin à l'intérieur de Fort Knox, par exemple ?

Pas de réponse.

— Tu n'as jamais été soldat, dit Reacher. Tu n'es là ni pour Baldani ni pour Lukather. Tu es là pour quelqu'un d'autre. Tu es de Géorgie, j'imagine. D'un quelconque service de police locale, peut-être.

— GBI, dit Will. Georgia Bureau of Investigation. Une affaire classée.

— Tu devrais me raconter ce que tu as sur le cœur.

Will évaluait ses différentes options, qui se résumaient en fait à une alternative. Primo : essayer de s'emparer en vitesse de la brosse à dents et se faire éclater la tête en quelques millions de morceaux. Deuzio : cracher le morceau et croiser les doigts.

— Tu as déjà entendu parler d'une ville du nom de Margrave ? demanda-t-il à Reacher.

— Sud d'Atlanta.

Will attendait la suite. Comme Reacher ne lâchait rien d'autre, il voulut lui rafraîchir la mémoire.

— 16 avril 1997.

Reacher restait impassible.

— L'adjoint Phillip Michael Deacon a pris deux balles dans la tête devant la bibliothèque municipale de Margrave. Un témoin a vu un étranger appuyer sur la gâchette. Un étranger dont la description correspond parfaitement à celle que l'on ferait de toi.

— Je n'étais pas à Margrave, ce jour-là, dit Reacher.

— J'ai, sur un livre de la bibliothèque, de l'ADN qui prouve le contraire.

Reacher ne semblait pas inquiet.

— Quel livre ?

— Le *Guide ornithologique du sud-est des États-Unis*.

Reacher fit une espèce de moue s'apparentant vaguement à un sourire.

— Tu connais quelque chose aux colibris ? demanda Will.

— Ils peuvent être féroces. Si l'une de ces petites brutes se plante devant la mangeoire, il fera fuir les autres oiseaux ou les attaquera à coups de bec, ajouta Reacher. Il vaut mieux le chasser au plus vite. Protéger les oiseaux moins belliqueux avant qu'il les ait fait crever de faim.

Will comprenait tout à fait mais reprit où il en était.

— La police scientifique a pu extraire de l'ADN dans le résidu sec de trois gouttes de sueur tombées sur les pages du chapitre consacré au colibri.

— La brosse à dents, dit Reacher. Je me demandais aussi pourquoi tu n'arrêtais pas de reluquer mon cul.

Will en conclut que c'était à lui d'attendre la suite, à présent.

— Tu as discuté avec le témoin oculaire ? demanda Reacher.

— Elle est morte dans son sommeil, il y a deux ans de cela. De mort naturelle.

Reacher acquiesça comme s'il s'y était attendu.

— Qu'est-ce que tu sais sur Phillip Deacon ?

— Père de famille. Vingt et un ans de sa vie en uniforme, puis les vingt-deux suivantes en chemise d'hôpital, expliqua Will. Il a survécu aux coups de feu mais il est resté dans le coma jusque récemment. Il y a deux mois, il est mort d'une pneumonie.

— Je vois, dit Reacher. Et l'accusation pour tentative de meurtre sur un gardien de la paix s'en est vue transformée en meurtre avec circonstances aggravantes. Un cas typique pour l'État de Géorgie.

— Un crime puni de la peine de mort.

Reacher se mit à tirer sur ses gants en loques.

— Tu as déjà entendu parler de Blind Blake ?

— Le chanteur de blues ?

Reacher hocha la tête.

— Mon frère m'a dit qu'il était mort à Margrave. En réalité, il est mort dans le Wisconsin, mais je n'ai jamais eu l'occasion de le lui dire.

Will recula lentement contre le mur. L'idée que Reacher était peut-être en train de retirer ses gants pour le dérouiller à mort à mains nues lui traversa brièvement l'esprit.

— Le témoin oculaire de la fusillade, dit Reacher. Elle s'appelait Béatrice Collins. Elle a été sauvagement violée par Deacon. Et gravement battue. À deux reprises. Et il ne cachait pas son intention de recommencer. Il lui a dit avoir vraiment pris son pied. Il lui a dit que ça l'excitait terriblement.

Will en fut estomaqué.

... il vivait avec sa femme et leur ado, leur fille aînée, mariée, attendait son premier enfant... un violeur féroce qui avait terrorisé une femme, probablement même plusieurs, parce que Deacon avait un insigne et une voiture de patrouille et un chef qui mettait un point d'honneur à regarder ailleurs...

— La première fois qu'il l'a violée, Béatrice a été assez stupide pour porter plainte et elle s'est adressée directement au shérif, dit Reacher. La deuxième fois, elle a été doublement stupide et elle est retournée voir le shérif. Celui-ci a dit à Deacon de résoudre le problème. De trouver la meilleure façon de la faire taire.

Will commençait à avoir mal à la mâchoire à force de serrer les dents.

... Le petit-fils de Deacon avait eu de la chance que son grand-père ne l'ait jamais pris dans ses bras. Son fils avait eu de la chance de ne jamais voir son père sur le banc des accusés. Sa femme avait eu de la chance de ne jamais recevoir ce dernier baiser, elle avait eu de la chance qu'il n'ait plus jamais essayé de la forcer ou de s'en prendre à une autre femme...

— J'ai découvert tout ça plus tard. Mon amie Neagley était en train de monter une agence de détective privé. Ce fut sa première affaire. Elle a rédigé un compte rendu très complet. Il se trouvait que mon frère était à Margrave à cette époque. Pour son travail. Nous nous ressemblons comme deux gouttes d'eau. En réalité, il fait deux ou trois centimètres de plus que moi et il est un poil plus léger, mais ça ne se voit que si nous sommes côte à côte. Avant il était dans l'armée, lui aussi. Il avait l'air d'un type droit. Du genre le justicier solitaire qui arrive en ville. Béatrice Collins est venue lui demander de l'aide. Elle ne voulait pas faire de vagues. Elle voulait juste que ça s'arrête. Ils s'étaient donné rendez-vous à la bibliothèque. Un lieu public. En territoire neutre. Elle avait peur. Non, je rectifie : elle était terrorisée. Elle venait d'une petite bourgade, une fille désargentée et sans personne vers qui se tourner. La police ne lui prêterait aucun secours. Le shérif lui avait dit un jour qu'il serait le premier à la violer si elle ébruitait l'affaire.

Will savait que ce tordu de shérif était précisément le genre d'homme à ne pas dénoncer quelqu'un de son équipe, fût-il un prédateur sexuel.

— Je suppose que le shérif a obligé Béatrice à mentir dans sa déposition au sujet de la fusillade. Mais tout cela remonte à une vingtaine d'années. Son compagnon n'a jamais parlé de ça. Ils sont restés quinze ans ensemble.

— Parfois les victimes refusent de raconter ces choses, même à leur compagnon. Elles veulent oublier. Elles ne veulent pas que les gens aient pitié d'elles ou, pire, être tenues responsables.

Reacher brossait le tableau.

— Un flic héroïque accusé de viol par une employée de supérette qui a un casier judiciaire pour avoir volé la voiture de son oncle quand elle était ado. D'après toi, de quel côté la ville se rangera-t-elle ?

Will partageait la même opinion. Les gens étaient des connards.

— Le 16 avril 1997 (Reacher fourra ses gants dans la poche arrière de son pantalon.), Béatrice est arrivée en retard à la bibliothèque. Elle était nerveuse. Ce qui n'avait rien d'étonnant. Mon frère attendait dehors quand elle est arrivée. Deacon avait intercepté l'appel d'urgence de la bibliothécaire. Il a empoigné Béatrice et a essayé de l'embarquer de force dans sa voiture de patrouille. Cela n'a pas plu à mon frère.

— Alors il a tiré sur Deacon, dans la tête.

— Béatrice a dit à Neagley que le coup était parti tout seul.

— Deux fois, dit Will. Drôle de coïncidence.

Reacher ne releva pas l'incohérence.

C'était le point où, philosophiquement parlant, les voies de Will et Reacher se séparaient.

— La plupart des gens qui se font assassiner ne sont pas des gens bien. Ce n'est pas pour rien qu'ils se retrouvent dans des situations douteuses. Ça, c'est sûr.

— Un meurtre reste un meurtre, dit Will. « Il méritait de mourir » n'est pas une défense recevable dans l'État de Géorgie.

— J'ai entendu dire que ça l'était toujours au Texas.

— Et si ton frère s'était trompé sur Deacon ? Et si Béatrice avait menti ?

— Il ne s'est pas trompé et elle n'a pas menti.

Will n'allait pas sermonner un justicier autoproclamé sur ce qu'il y avait d'arrogant et d'immoral à vouloir rendre justice soi-même.

— Ton frère a tué un homme de sang-froid.

— Ça n'existe pas le sang-froid, dit Reacher. Le sang est toujours plus ou moins chaud. Un officier de police allait violer une femme pour la troisième fois et il en a été empêché. Il lui aurait peut-être même fait pire. Et ça ne se serait pas arrêté là ; la gravité des conséquences aurait été exponentielle.

Will se tut.

— Mon frère est mort, de toute façon, dit Reacher. Il a été assassiné un mois plus tard. À Margrave lui aussi, en fait. Il y avait certainement un lien avec l'affaire qui l'avait amené là-bas, un mois auparavant. Du coup, tu auras beau essayer, tu ne l'attraperas plus maintenant.

— Je n'ai rien vu là-dessus.

— Le service du shérif de Margrave ne tenait aucun registre de leurs propres crimes, dit Reacher. À l'époque, mon frère travaillait pour le département du Trésor. Ce n'était pas n'importe qui. Ils se sont débarrassés du corps et ils ont fait place nette. Une semaine après, c'était comme si rien ne s'était jamais produit.

Will scrutait le visage de Reacher pour voir s'il recélait un quelconque signe de tromperie. Mais cela n'avait pas d'importance ; ils savaient l'un et l'autre que Will vérifierait cette histoire.

— ADN familial, dit Reacher.

Le type n'avait pas de téléphone portable, mais il savait que les similarités du chromosome Y chez deux individus de sexe masculin pourraient servir à établir des liens du sang.

— Je suis le seul de ma famille à être encore en vie, dit Reacher. Je sais que mon frère était quelqu'un de bien. Je ne veux pas voir son nom traîné dans la boue. Mais j'ai bien compris que tu n'abandonnerais pas cette affaire. Et je n'ai pas l'intention de me mettre en travers du chemin d'un flic honnête. Ce n'est pas mon genre. Alors voilà.

Reacher avait sa brosse à dents à la main.

Les poils étaient ratatinés à force d'être restés dans la poche arrière de son pantalon. Will regardait le tout petit bout de manche dépasser de l'énorme pogne de Reacher.

Récupérer les preuves, suivre l'enquête jusqu'à sa conclusion logique et clore l'affaire, telle était la bonne façon d'agir. Will savait que sa cheffe dirait la même chose. Comme il savait qu'elle dirait *aussi* que travailler sur une affaire dans laquelle le suspect était mort et la victime tout aussi morte, en plus d'être un violeur brutal, constituait une vaste perte de temps et de moyens.

Ce n'était pas pour rien que Bond avait besoin de M.

Will croisa les bras sur sa poitrine, dédaignant la brosse à dents.

— Ce n'est pas très hygiénique de garder une brosse à dents dans ta poche toute la journée, tu ne crois pas ?

Reacher remit la brosse à dents à sa place.

— Je n'aurais pas dû acheter celle-là, dit-il. Normalement elles sont vendues avec un étui.

Sinon il y en a à disposition gratuitement dans les hôtels. Genre tu peux en sortir une nouvelle de son emballage tous les jours. Ne t'inquiète pas de mes habitudes.

— Non, bien sûr.

Will eut soudain conscience d'être en train de donner une leçon d'hygiène, lui qui, le matin même, s'était enfilé tout le paquet de Skittles de Lukather, qu'il avait retrouvés à moitié fondus au fond de sa poche.

Reacher reprit sa tâche sisyphéenne d'enfiler ses gants en coton.

Will se baissa et attrapa deux lingots d'or.

— Que va-t-il arriver à Lukather, à ton avis ?

Reacher attrapa six lingots, trois dans chaque main, et attendit que Will ait fini d'empiler les siens.

— C'est une bonne question. J'ai entendu dire qu'elle avait déjà balancé Baldani. Apparemment, ils auraient l'intention de lui proposer un marché pour qu'elle témoigne et que tout le plan soit démantelé.

— Pourquoi ? Ils n'ont pas besoin d'elle pour plier l'affaire. Ils les ont tous les deux, et pris la main dans le sac de surcroît. Ils ont la clé USB et le fric et le sale type du bar.

Will réprima un grognement tandis qu'il soulevait deux lingots d'or. Il pensa à l'habitude qu'avait Baldani de jeter ses cigarettes par terre. Les mégots grouillaient d'ADN. Il pourrait en ramener en Géorgie. Et si la base CODIS établissait une correspondance avec Baldani, ce serait tant mieux.

Il interrompit soudain son geste.

— Tu travailles ici depuis combien de temps ? demanda t-il à Reacher.

— Ça fait douze jours. (Reacher disparut à nouveau dans le coffre.) Pourquoi ?

— Et tu travailles vite.

— J'essaie d'être rentable.

— Donc, tu as dû voir passer beaucoup d'or.

Will se remit au travail et empila ses lingots par-dessus les autres. Ils étaient tous estampillés du sceau du département du Trésor des États-Unis, chacun portant un numéro qui correspondait vraisemblablement à l'un des numéros contenus dans les enveloppes transparentes suspendues aux rubalises à l'entrée.

Des numéros qui n'avaient pas été comparés à ceux des lingots d'or à l'intérieur du coffre.

Des lingots d'or qui avaient été pesés, alourdis par des peluches de coton, des poils ou des cheveux qui auraient chaque fois pu ajouter quelques dizaines de grammes au résultat sur la balance.

— C'est bizarre, dit Will. Mais je jurerais

avoir déjà vu ces numéros de série. En l'occurrence hier, dans l'autre coffre.

— Chaque numéro comporte seize chiffres. Toi et moi, nous avons empilé et rempilé 38 492 lingots d'or jusque-là. Soit 615 872 nombres entiers différents. Littéralement quelques milliers de milliards de combinaisons possibles.

Will dut le croire sur parole. Il était plutôt bon en math, mais il n'avait pas un ordinateur quantique à la place du cerveau. Pour autant, il avait une mémoire des chiffres incroyablement bonne et cette dernière lui disait qu'elle était sacrément sûre d'avoir déjà vu les nombres figurant sur les lingots.

— J'en jurerais, répéta-t-il.

— Les nombres, ça te parle bien ?

— Oui, mais bizarrement.

— Quel était le nombre sur l'avant-dernier lingot que tu as empilé ?

Will récita les seize chiffres de mémoire. Sans réfléchir et sans hésiter. Et avec une totale exactitude.

En silence, Reacher contrôlait manifestement sa réponse, de mémoire lui aussi. Apparemment, il avait aussi un talent pour les nombres, bizarrement.

— Je peux te poser une question personnelle ? dit-il.

— Laquelle ? dit Will.

— Tu lis bien ?

Will ne répondit pas.

— C'est souvent incompatible, dit Reacher. Je connais plusieurs gars comme ça. J'en connais un qui peut te donner la racine carrée de la distance de la Terre au Soleil mais qui est incapable de lire deux phrases.

— Et toi ? demanda Will.

Reacher hocha la tête.

— J'ai eu de la chance. Je lis plutôt bien.

Will ne répondit pas.

— Je suis d'accord pour les nombres, dit Reacher. Du coup, je me pose des questions. En premier lieu, comment as-tu atterri ici.

— Mon supérieur a tiré des ficelles.

— Comment savait-il que j'étais ici ?

— Elle.

— OK, mais comment ?

— J'ai entré ton nom dans le système, dit Will. Un rapport sur les affaires classées.

— Le système du GBI, n'est-ce pas ? Fièrement local. Or là, nous sommes dans le Kentucky.

— Quelqu'un a fait le lien.

Reacher hocha la tête.

— Oui, et je me demande bien qui, dit-il. Ce pourrait bien être un gamin en costard. Qui bosse au siège du pouvoir véritable. Et non plus au sein de l'une ou l'autre des agences en trois lettres[1]. De nos jours, ce doit être quelqu'un qui travaille au Congrès. Membre de tout un tas de sous-comités du renseignement. Peut-être un député du Congrès de Géorgie. La moitié de son cerveau attachée à ses origines veut voir briller le GBI et, pour lui donner un coup de main, lui fournit des informations qu'elle tient de l'autre moitié de son cerveau attachée à ses responsabilités fédérales.

— Ce qui soulève une question de taille, dit Will.

— Exactement. Pourquoi t'envoyer, toi ? Une unité des SWAT[2] du Kentucky aurait fait l'affaire. Ils auraient pu me faire extrader. Au bout de vingt-deux ans, ils ne sont pas à quelques mois près. Sinon, la police militaire aurait pu se charger de mon cas. Pourquoi fallait-il que tu sois là en personne, à faire ce boulot de merde en sous-marin ?

Will ne répondit pas, mais il commençait à avoir le début d'une réponse.

— Exactement, répéta Reacher. À cause de tes facilités avec les nombres. Tu essaies

1. Du genre CIA, FBI, NSA, etc.

2. Special Weapons and Tactics : unités spéciales de police, aux États-Unis.

peut-être de t'en cacher, mais ça ne marche pas. Ils savent. Pareil pour moi. Ils n'ont pas écrit leur algorithme pour trouver un type costaud. Ce qu'ils cherchaient, c'était un gars doué pour les nombres.

Will resta silencieux un long moment.

— Tu savais que les coffres n'avaient été ouverts qu'une seule fois au public ? dit-il enfin.

— En 1974, dit Reacher. En fait, le gamin en costard en a parlé. Un avocat du nom de Peter David Beter avait fait circuler la rumeur selon laquelle l'or aurait été déplacé par l'État profond[1].

— C'est vrai, cette histoire d'État profond. Ces types existent vraiment.

— Fais le calcul, dit Reacher. Il y en a pour 350 milliards de dollars ici, stockés en métaux précieux, or la dette publique dépasse les 20 000 milliards. Cela représente donc moins de 2 cents sur chaque dollar de dette. (Reacher empilait ses lingots.) Tout cet or n'est rien de plus qu'un symbole. Apparemment, un symbole assez solide pour le moment. Fondé sur les souvenirs populaires de 1974. Mais si les gens se mettaient à penser que ne serait-ce que la moitié du contenu de ces coffres s'est

1. Théorie complotiste d'un État dans l'État, qui a connu un regain de popularité depuis l'élection de Donald Trump.

volatilisée depuis, l'économie américaine tout entière, l'économie mondiale même, s'écroulerait en chute libre. Il y aurait des émeutes. Les banques feraient faillite.

Will croisa Reacher sur le chemin vers la palette. Ils se retrouvaient sur la courroie de distribution.

— Si c'était moi, j'aurais mis en place une réaction en chaîne.

Reacher pigea tout de suite.

— Les équipes de nuit déplacent l'or deux coffres plus loin, dit-il. Ensuite, le lendemain, nous le déplaçons deux coffres plus loin. Le même or. À double insu. Aucune des deux équipes ne sait que l'autre le fait.

Will se redressa devant la palette. Sa douleur aux reins se manifestait tout autour d'un bleu de la taille d'un coude. Une rigole de sueur se formait dans le bas de son dos. Il leur restait encore six heures à tirer.

— C'est pour découvrir tout ça que nous avons été envoyés ici, dit-il.

— C'est aussi mon avis, dit Reacher. Un obscur député de Géorgie s'est donné beaucoup de mal pour nous faire venir ici afin, j'imagine, que nous… réalisions que… les réserves d'or de la nation se vident inexorablement et que l'on s'emploie activement à dissimuler cette vérité par un tour de passe-passe. Pour une raison que j'ignore, le type veut, semble-t-il, qu'au moins une personne au monde soit au courant.

— Deux personnes.

— Un seul de nous deux devait s'en sortir. Soit tu me pinçais, soit je te tuais avant de prendre la fuite. D'ailleurs l'issue lui était égale. Il protégeait ses arrières.

— Plus Lukather, dit Will. Elle est forcément au courant. C'était elle la responsable. Elle a probablement calculé dans quel sens se propagerait la réaction en chaîne de sorte que personne ne puisse rétablir la vérité. Et voilà comment elle a pu passer son marché. Elle négocie son silence en échange de sa liberté.

— Probablement, dit Reacher. À présent nous sommes trois à savoir.

— Reste à savoir pourquoi, dit Will. Enfin, je veux dire, nous serons là, toi et moi, quelque part dans le monde à connaître cette vérité. Et puis quoi ? Que sommes-nous censés en faire ?

La réponse, ils ne l'avaient ni l'un ni l'autre.

Retrouvez Karin Slaughter
dans la collection HarperCollins Noir

La dernière veuve

Traduit par Catherine Richard-Mas
À paraître le 1er avril 2020

PREMIÈRE PARTIE

Dimanche 7 juillet 2019

Prologue

Michelle Spivey cavalait au fond du magasin, scrutant frénétiquement chaque rayon en quête de sa fille, ressassant un flot de pensées affolées : *Comment est-ce que j'ai pu la perdre de vue je suis une mère épouvantable ma petite a été kidnappée par un pédophile ou un trafiquant d'êtres humains est-ce qu'il faut que j'alerte le service de sécurité que j'appelle la police ou que…*

Ashley.

Michelle pila si brusquement que sa chaussure ripa sur le sol. Elle respira un grand coup, s'efforçant de ramener son pouls à un rythme normal. Sa fille n'était pas entre les mains d'un marchand d'esclaves. Elle était au comptoir des cosmétiques, en train d'essayer du maquillage.

Mais en même temps que sa flambée de

panique décroissait, elle sentit la contrariété monter.

Sa fille de onze ans.

Au comptoir des cosmétiques.

Alors qu'elles lui avaient dit qu'en aucun cas, sous aucun prétexte, elle ne pourrait se maquiller avant son douzième anniversaire et qu'elle n'aurait alors droit qu'au fard à joues et au gloss, quoi que fassent ses copines, point final.

Michelle porta la main à sa poitrine. Elle remonta lentement le rayon, se ménageant une transition le temps de redevenir quelqu'un de logique et raisonné.

Ashley lui tournait le dos. Elle examinait des rouges à lèvres, tournant les tubes d'un geste adroit du poignet car, bien sûr, quand elle était avec ses copines, Ashley essayait tous leurs produits de maquillage ; elles s'entraînaient les unes sur les autres, c'était ce que faisaient toutes les filles.

Ou, en tout cas, certaines. Michelle n'avait jamais éprouvé l'envie de se pomponner. Elle se rappelait encore les cris d'orfraie qu'avait poussés sa mère quand, adolescente, elle avait refusé de se raser les jambes. « Tu ne pourras jamais porter de collants ! »

Et la réponse qu'elle lui avait faite : « Dieu merci ! »

Ça faisait des années. Sa mère était morte depuis longtemps. Michelle était une femme adulte qui avait elle-même un enfant et, comme toutes les femmes, elle s'était promis de ne pas répéter les erreurs de sa mère.

Avait-elle sur-rectifié ?

Ses tendances garçon manqué pénalisaient-elles sa fille ? Peut-être qu'en réalité Ashley était assez grande pour se maquiller mais qu'en raison de l'absence totale d'intérêt qu'éprouvait Michelle pour l'eye-liner, l'autobronzant et tout ce que sa fille pouvait bien regarder pendant des heures sur YouTube, elle la privait d'une certaine forme de passage initiatique vers la féminité ?

Michelle avait fait les recherches qui s'imposaient sur les étapes marquantes de l'enfance. Onze ans, c'était un âge important, censément une année référence, le moment auquel les enfants avaient atteint grosso modo cinquante pour cent de de leur force de frappe. Il fallait commencer à négocier au lieu de simplement leur donner des ordres. Ce qui était très bien en théorie mais terrifiant en pratique.

— Oh !

Ashley, à sa vue, fourra précipitamment le rouge à lèvres dans le présentoir.

— J'étais…

— Pas de problème.

Michelle caressa les longs cheveux de sa fille. Une foule de flacons de shampooing dans la douche, et d'après-shampooing, de savons, de laits hydratants, alors que Michelle n'utilisait pour sa part que de l'écran total résistant à la transpiration.

— Excuse-moi.

Ashley s'essuya la bouche pour retirer la couche de gloss.

— C'est joli, hasarda Michelle.

— Tu trouves ?

Michelle sentit son cœur se serrer devant son sourire rayonnant.

— Tu as vu ça ?

Elle parlait de la palette de rouges à lèvres.

— Ils en font un teinté, qui tient soi-disant plus longtemps. Mais celui-là a un goût de cerise, et Hailey elle dit que c'est ça qui...

Michelle termina mentalement la phrase : *c'est ça qui plaît aux garçons.*

Les posters des frères Hemsworth qui ornaient les murs de la chambre d'Ashley n'étaient pas passés inaperçus.

— Lequel tu préfères ? demanda Michelle.

— Euh...

Ahsley haussa les épaules mais, à onze ans, on avait un avis sur à peu près tout.

— Je pense que le teinté tient plus longtemps, non ?

— Ça paraît logique, répondit Michelle.

Ashley soupesait toujours la différence entre les deux.

— Celui à la cerise a un goût chimique, non ? En fait, moi, je le mange toujours… enfin, bon, si j'en mettais, je le mangerais sûrement.

Michelle hocha la tête, serrant les dents pour ravaler la polémique qui faisait rage en elle : *Tu es jolie, tu es intelligente, tu es drôle et pleine de talent, tu ne devrais faire que ce qui te rend heureuse parce que c'est ce qui attire les mecs valables, ceux qui trouvent que les filles joyeuses et pleines d'assurance sont les plus intéressantes.*

Au lieu de quoi elle dit à Ashley :

— Choisis celui que tu veux et je t'avancerai un peu de ton argent de poche.

— Oh ! m'man ! s'écria Ashley, si fort que des gens se retournèrent.

La danse qui suivit tenait davantage de Tigrou que de Shakira.

— Tu dis ça sérieusement ? Mais vous deux vous aviez dit…

« Vous deux. » Michelle gémit mentalement. Comment expliquer ce soudain revirement alors qu'elles s'étaient entendues sur le fait qu'Ashley ne se maquillerait pas avant d'avoir douze ans ?

C'est juste du gloss.

Elle aura douze ans dans seulement cinq mois.

Je sais, on avait dit pas avant le jour de son douzième anniversaire, mais tu as bien cédé pour l'iPhone !

Ce serait ça, le truc. Renverser la vapeur et parler de l'iPhone, parce qu'un pur hasard avait voulu qu'elle, Michelle, en ait fait son cheval de bataille personnel.

— Je m'arrangerai avec la cheffe, dit-elle à sa fille. Mais juste un gloss, par contre. Rien d'autre. Choisis celui qui te fait envie.

Il n'en fallut pas plus pour faire plaisir à Ashley. Tellement plaisir que Michelle se surprit à sourire à la cliente qui attendait devant elle à la caisse et avait certainement deviné que le tube rose bonbon pailleté de « Sassafras Cul-de-Folie ! » n'était pas destiné à la femme de trente-neuf ans en short de jogging et cheveux en sueur sous une casquette de base-ball qu'elle était.

— Alors ça…

Ashley débordait tellement de joie qu'elle ne trouvait plus ses mots.

— Ça, c'est trop super, m'man. Je t'aime trop, je serai raisonnable. Trop raisonnable.

Michelle se dit que son sourire devait ressembler aux premiers stades de la rigidité cadavérique quand elle commença à charger leurs achats dans les cabas en toile.

L'iPhone. Elle avait dû s'y faire, à cet iPhone, parce qu'elles s'étaient mises d'accord là-dessus aussi, mais ensuite toutes les copines d'Ashley s'étaient pointées avec un téléphone en colo, si bien que le « non, jamais de la vie » s'était mué en « je ne pouvais quand même pas la laisser être la seule qui n'en ait pas » pendant que Michelle était en déplacement pour une conférence.

Ashley ramassa joyeusement les cabas et se dirigea vers la sortie, son iPhone déjà en main. Son pouce courait sur l'écran tandis qu'elle faisait savoir à ses amies qu'elle s'était acheté un gloss, prédisant sans doute que dans une semaine elle arborerait du fard à paupières bleu et se soulignerait les yeux de ce trait qui donnait aux filles l'air de chats.

Michelle se sentit déraper vers le post-catastrophisme.

Ashley risquait d'attraper conjonctivite, orgelets ou blépharite à cause du maquillage. Virus de l'herpès simplex ou de l'hépatite C dans le rouge à lèvres, sans parler du fait qu'elle pouvait s'érafler la cornée avec le mascara. Certains rouges à lèvres contenaient des métaux lourds et du plomb, non ? Staphylocoques, streptocoques, *Escherichia coli.* Mais enfin, avait-elle perdu la tête ? Elle risquait d'empoisonner sa fille. Il existait des centaines de milliers d'études irréfutables à propos des processus de contamination des surfaces d'application, contre quelques dizaines avançant l'hypothèse d'un lien indirect entre les tumeurs cérébrales et les téléphones portables.

Plus loin devant, Ashley éclata de rire. Ses copines lui répondaient par textos. Elle traversait le parking en balançant les sacs comme une folle. Elle avait onze ans, pas douze, mais douze ans c'est encore terriblement jeune, non ? Le maquillage, c'était un signal. Ça indiquait que l'envie d'intéresser l'intéressait – une chose affreusement non féministe à dire, mais là, on était dans la vraie vie, et sa fille était encore une enfant qui n'avait aucune idée de ce que c'est que rembarrer un gros lourd.

Michelle secoua la tête en silence. Comment avait-elle pu passer du gloss au MRSA et à Phyllis Schlafly ? Il fallait qu'elle réprime ces réflexions débridées pour pouvoir, en arrivant à la maison, expliquer son achat – non conforme à la décision parentale – de façon crédible.

Comme pour l'iPhone.

Elle fouilla dans son sac pour trouver ses clés. Il faisait noir sur le parking. Soit la lumière des lampadaires n'était pas assez puissante, soit elle avait simplement besoin de lunettes – elle était déjà assez vieille pour avoir une fille désireuse d'envoyer des signaux aux garçons. D'ici quelques années, elle pourrait être grand-mère. À cette idée, elle sentit son estomac se contracter dans un gouffre d'angoisse. Pourquoi n'avait-elle pas acheté de vin ?

Michelle releva la tête pour s'assurer d'un regard qu'Ashley n'avait pas percuté une voiture ou chuté d'une falaise en rédigeant ses textos.

Le souffle lui manqua.

Un fourgon s'était arrêté à côté de sa fille.

La porte latérale s'ouvrit.

Un homme en surgit.

Michelle serra le poing sur ses clés. S'élança à toutes jambes, coupant droit vers sa fille.

Elle se mit à crier.

Ashley avait déguerpi, s'était sauvée comme ses parents le lui avaient appris.

Ce qui était très bien, car l'homme ne venait pas pour Ashley.

C'était elle qu'il voulait.

1

Un mois plus tard, dimanche 4 août,
13 h 37

Sara Linton se renversa contre le dossier de sa chaise en murmurant un « oui, maman » étouffé. Elle se demanda si un jour viendrait où elle aurait enfin passé l'âge d'être dorlotée par sa mère.

— Ne me parle pas sur ce ton lénifiant.

La colère toxique de Cathy pesait au-dessus de la table de la cuisine où elle effilait rageusement des haricots verts sur une feuille de journal.

— Tu n'es pas comme ta sœur, tu ne papillonnes pas à droite à gauche. Il y a eu Steve au lycée, puis Mason pour des raisons que je n'arrive toujours pas à comprendre et ensuite

Jeffrey. (Elle adressa un bref regard à sa fille par-dessus ses lunettes.) Si tu as décidé que maintenant ce serait Will, alors décide-toi pour de bon.

Sara attendit que sa tante Bella intervienne pour compléter la liste des prénoms de ses petits amis, mais Bella se contenta de tripoter son rang de perles en sirotant son thé glacé.

— Ton père et moi, on est restés mariés presque quarante ans.

— Je n'ai jamais dit que…, commença Sara.

Bella émit un son à mi-chemin entre la toux et l'éternuement d'un chat.

Sara ne perçut pas la mise en garde.

— Le divorce de Will vient d'être prononcé, m'man. Moi, j'en suis encore à essayer de me faire à mon nouveau poste. On est heureux comme ça. Tu devrais te réjouir pour nous.

Cathy cassa un haricot aussi sèchement qu'elle aurait brisé une nuque.

— C'était déjà moche que tu le fréquentes alors qu'il était encore marié.

Sara inspira profondément et bloqua l'air dans ses poumons.

La cuisinière affichait 13 h 37.

Elle avait l'impression qu'il était minuit alors qu'elle n'avait même pas encore déjeuné.

Elle souffla lentement en se concentrant

sur les odeurs délicieuses qui emplissaient la cuisine. C'était pour ça qu'elle avait sacrifié son dimanche : poulet rôti en train de refroidir sur le plan de travail, clafoutis aux cerises dans le four. Beurre fondant dans la poêle du pain de maïs, sur la cuisinière. Biscuits, petits pois, cornilles, soufflé à la patate douce, gâteau au chocolat, tarte aux pacanes et glace si dense qu'on y aurait cassé une cuillère.

Six heures par jour à la salle de sport toute la semaine prochaine ne suffiraient pas à réparer les dégâts corporels qu'elle allait subir, mais la seule chose que craignait Sara c'était d'oublier d'emporter des restes chez elle.

Cathy écossa un nouveau haricot, l'arrachant à sa rêverie.

Les glaçons tintèrent dans le verre de Bella.

Sara tendit l'oreille en direction de la tondeuse à gazon, derrière la maison. Pour des raisons qu'elle ne s'expliquait pas, Will avait proposé à la tante Bella de s'occuper de son jardin ce week-end. L'idée que, par hasard, il puisse surprendre une bribe de cette conversation la fit frémir.

— Sara.

Cathy prit une inspiration audible avant de reprendre là où elle en était restée.

— Tu vis pratiquement avec lui, maintenant.

Ses vêtements sont rangés dans ton placard. Son rasoir et toutes ses affaires de toilette sont dans ta salle de bains.

— Oh ! ma belle, coupa Belle en tapotant la main de Sara, surtout ne partage jamais une salle de bains avec un homme.

Cathy secoua la tête.

— Ça va achever ton père.

Eddie n'en mourrait pas, mais voir un homme tenter sa chance avec une de ses filles ne lui ferait pas plus plaisir cette fois que par le passé.

C'était d'ailleurs la raison pour laquelle Sara gardait pour elle son histoire d'amour avec Will.

Ou une partie de la raison.

Elle tenta de reprendre la main.

— Tu te rends compte, maman, que tu viens d'avouer que tu as fouillé chez moi ? J'ai droit à mon intimité.

— Oh ! ma belle, tu as bien raison de revendiquer ça, dit Bella en produisant un petit clappement de langue.

Sara fit une nouvelle tentative.

— On sait ce qu'on fait, Will et moi, on n'est pas des ados tout fous en train de s'échanger des petits mots. On est bien ensemble. C'est tout ce qui compte.

Cathy émit un grognement, mais Sara n'était

pas bête au point de prendre le silence qui suivit pour un acquiescement.

— Bon, alors c'est moi la pro, ici, dit Bella. Je me suis mariée cinq fois et…

— Six, coupa Cathy.

— Tu sais très bien qu'il y a eu annulation, ma sœur. Ce que j'en dis, moi, c'est qu'il faut que tu laisses la petite faire ses choix toute seule.

— Je ne suis pas en train de lui dicter ses choix. Je lui donne des conseils. Si ce n'est pas sérieux avec Will, alors elle devra passer à autre chose et trouver un partenaire avec qui ça le sera. Elle est trop logique pour avoir des aventures sans lendemain.

— « Mieux vaut être sans logique que sans cœur. »

— Je ne suis pas convaincue que Charlotte Brontë soit une référence en ce qui concerne le bien-être affectif de ma fille.

Sara se frotta les tempes pour tenter de chasser la migraine qui menaçait. Son estomac grondait mais le déjeuner ne serait pas prêt avant 14 heures, ce qui n'était pas grave car, si la conversation devait se poursuivre, l'une d'entre elles finirait par mourir dans cette cuisine, à moins qu'elles n'y passent toutes les trois.

— Tu as vu cette histoire, ma chérie ? demanda Bella.

Sara leva la tête.

— Tu ne crois pas qu'elle a tué sa femme parce qu'elle avait une liaison ? Je veux dire par là que l'une ou l'autre des deux avait une liaison, et donc elle l'a tuée. (Elle adressa un clin d'œil à Sara.) C'est pile ce que craignaient les conservateurs. Le mariage gay perturbe la logique des pronoms.

Sara peinait à suivre jusqu'à ce qu'elle se rende compte que Bella lui montrait un article dans le journal. Michelle Spivey avait été enlevée quatre semaines plus tôt sur le parking d'un centre commercial. C'était une scientifique du Centre de contrôle des maladies, raison pour laquelle le FBI avait pris l'enquête en main. La photo dans le journal était celle qui figurait sur le permis de conduire de Michelle. On y voyait une jolie femme allant sur la quarantaine, dans l'œil de laquelle brillait une lueur que même l'objectif merdique de l'appareil du ministère des Transports avait réussi à capturer.

— Tu n'as pas suivi l'histoire ? demanda Bella.

Sara secoua la tête. Des larmes intempestives lui montèrent aux yeux. Son mari avait été tué cinq ans plus tôt. La seule chose qui puisse lui sembler pire que la perte de quelqu'un qu'on aimait, c'était de ne jamais savoir si oui ou non la personne en question était effectivement morte.

— Moi, je penche pour un meurtre commandité. On y revient toujours. La femme s'était trouvé une petite jeune et avait besoin de se débarrasser de l'ancienne.

Sara n'aurait pas dû donner suite *parce que* Cathy était visiblement en train de s'énerver. Mais *parce que* Cathy était visiblement en train de s'énerver, Sara répondit à Bella :

— Je sais pas. Sa fille était avec elle quand c'est arrivé. La petite a vu quelqu'un traîner sa mère jusque dans un fourgon. C'est sans doute naïf de dire ça, mais je ne pense pas que l'autre mère ferait subir une chose pareille à leur enfant.

— Fred Tokars a fait abattre sa femme devant ses enfants.

— C'était pour l'assurance-vie, il me semble. En plus de ça, son entreprise était plutôt louche, ça avait un lien avec la mafia, non ?

— Et c'était un homme. Les femmes n'ont-elles pas plutôt tendance à tuer à mains nues ?

— Pour l'amour du ciel, coupa Cathy. Est-ce qu'on pourrait, s'il vous plaît, s'abstenir de parler de meurtres le jour du Seigneur ? Et toi, ma sœur, tu es la plus mal placée pour parler d'infidélité.

Bella fit tinter les glaçons dans son verre vide.

— Un mojito, ça serait bien par cette chaleur, non ?

Cathy joignit les mains au-dessus des haricots qu'elle avait fini d'effiler.

— Tu ne fais rien pour arranger les choses, dit-elle à Bella.

— Oh ! ma chère sœur, personne ne devrait jamais chercher d'aide auprès de Bella.

Sara attendit que Cathy ait tourné le dos pour s'essuyer les yeux. Bella n'avait pas manqué de remarquer ses larmes soudaines, ce qui signifiait que dès qu'elle quitterait la cuisine, les deux sœurs discuteraient du fait qu'elle avait été à deux doigts de fondre en larmes à cause… de quoi ? Sara n'avait aucune idée de la raison de ses larmes. Ces derniers temps, n'importe quoi depuis une pub triste jusqu'à une chanson d'amour à la radio était capable de la faire pleurer.

Elle ramassa le journal et fit mine de lire l'article. Il n'y avait rien de nouveau au sujet de la disparition de Michelle Spivey. Un mois, c'était trop. Sa femme elle-même avait cessé de supplier pour qu'on la laisse revenir sans lui faire de mal et implorait ceux qui l'avaient enlevée de simplement indiquer où la famille pourrait retrouver le corps.

Sara renifla. Son nez s'était mis à couler. Plutôt que de prendre une serviette en papier sur la pile, elle s'essuya d'un revers de main.

Elle ne connaissait pas Michelle Spivey mais, l'année précédente, elle avait brièvement croisé sa femme, Theresa Lee, dans une soirée de retrouvailles des anciens étudiants de la fac de médecine d'Emory. Theresa Lee était orthopédiste et enseignait à Emory. Michelle était épidémiologiste au Centre de contrôle des maladies. Selon l'article, les deux femmes s'étaient mariées en 2015, soit vraisemblablement dès qu'il leur avait été légalement possible de se passer la bague au doigt. Après quinze ans de vie commune. En pas loin de vingt ans, elles avaient dû repérer les deux principales causes de divorce : le réglage du thermostat du chauffage et le degré de criminalité que représentait le fait de faire comme si o ne savait pas qu'il fallait vider le lave-vaisselle.

Mais là encore, dans cette cuisine, la pro en matière de mariage, ce n'était pas elle.

Cathy s'était adossée au plan de travail, les bras croisés.

— Sara ? Je vais être directe.

Bella glousssa.

— Essaie donc.

— C'est très bien de passer à autre chose. De refaire ta vie avec Will. Si tu es vraiment heureuse, alors sois vraiment heureuse. Sinon, qu'est-ce que tu attends au juste ?

Sara replia soigneusement le journal. Regarda à nouveau l'heure affichée sur la cuisinière.

13 h 43.

— J'aimais bien Jeffrey, paix à son âme, dit Bella. Il avait du chien. Mais Will est vraiment gentil. Et pour t'aimer, il t'aime, ma belle.

Elle tapota la main de sa nièce.

— Ça oui.

Sara se mordilla la lèvre. Pas question que son dimanche après-midi se transforme en séance de thérapie improvisée. Elle n'avait pas besoin d'approfondir ses sentiments. Elle était prise dans le problème inverse propre au premier acte de toute comédie romantique : elle était déjà tombée amoureuse de Will, mais ne savait pas trop comment l'aimer.

La maladresse sociale de Will, elle pouvait s'en accommoder, mais son incapacité à communiquer avait failli leur coûter leur histoire d'amour. Pas juste une fois ou deux, mais à plusieurs reprises. Au début, Sara s'était persuadée qu'il essayait de se montrer sous son meilleur jour. Ce qui était normal. Elle-même avait laissé passer six mois avant de porter son vrai pyjama pour dormir.

Un an s'était ensuite écoulé, et il continuait à taire certaines choses. Des choses idiotes et sans gravité, comme le fait de ne pas appeler pour dire qu'il resterait tard au travail, que son match de basket se prolongeait, que son vélo l'avait laissé en rade à mi-trajet, qu'il s'était porté volontaire pour aider un ami à déménager le week-end suivant. Il avait toujours l'air navré quand Sara piquait une colère parce qu'il ne l'informait pas de ces détails. Elle ne cherchait pas à le suivre à la trace. Elle essayait seulement de savoir quoi faire livrer pour le dîner.

Tout aussi agaçantes que ces interactions, d'autres choses avaient une incidence. Ce n'était pas que Will mente, mais il trouvait des façons ingénieuses de ne pas lui dire la vérité – qu'il s'agisse d'une situation professionnelle dangereuse, d'un détail sordide à propos de son enfance ou, pire, de quelque horreur récemment commise par sa sale garce narcissique d'ex-femme.

Intellectuellement parlant, Sara comprenait la genèse du comportement de Will. Il avait passé son enfance placé dans des familles d'accueil où, quand on ne le négligeait pas, on lui infligeait des mauvais traitements. Son ex-femme avait utilisé les émotions qu'il manifestait pour s'en servir contre lui. Il n'avait jamais vraiment connu de relation saine. Quelques squelettes franchement infâmes restaient planqués dans le placard de son passé. Peut-être Will avait-il le sentiment de la protéger, se dit Sara. Ou de se protéger lui-même. L'ennui, c'est qu'elle ne savait pas laquelle de ces deux options était la bonne puisqu'il ne voulait pas admettre l'existence de ce putain de problème.

— Sara, ma belle, reprit Bella, je voulais te dire… l'autre jour, je repensais à l'endroit où tu habitais quand tu faisais tes études. Tu t'en souviens, ma chérie ?

Sara sourit à l'évocation de ses années de fac, mais les commissures de ses lèvres s'abaissèrent quand elle surprit le regard qu'échangèrent sa tante et sa mère.

Un couperet était sur le point de s'abattre.

Elles l'avaient piégée en utilisant comme appât la promesse d'un poulet rôti.

— Je vais être franche, ma puce, dit Bella. Cette vieille baraque est trop grande pour que ta petite tante Bella assure son entretien. Qu'est-ce que tu dirais de revenir t'installer ici ?

Sara éclata de rire, mais elle constata alors que sa tante ne plaisantait pas.

— Vous pourriez la retaper, tous les deux, en faire votre maison à vous.

Sara sentit sa bouche remuer mais aucun son n'en sortit.

— Tu sais, ma belle, poursuivit Bella, j'ai toujours eu l'intention de te la léguer, mais mon comptable dit que, pour ce qui est des impôts, ce serait mieux que je t'en transmette la propriété par le biais d'un fidéicommis. J'ai déjà versé un acompte pour l'achat d'un appartement dans une résidence en copropriété, en centre-ville. Will et toi, vous pourrez vous installer ici à Noël. Il y a la place pour un sapin de six mètres dans ce hall d'entrée, et tout l'espace nécessaire pour…

Sara fut provisoirement frappée de surdité.

Elle avait toujours adoré cette vaste demeure de style géorgien construite juste avant la Grande Dépression. Six chambres, cinq salles de bains, remise à voitures dotée de deux chambres, appentis aménagé, un hectare et demi de parc dans l'un des secteurs les plus cossus de l'État. Le centre-ville à dix minutes en voiture. Le cœur du campus d'Emory University à dix minutes de marche. Le quartier faisait partie des derniers chantiers entrepris par l'architecte paysagiste Frederick Law Olmsted avant sa mort. Parcs et arbres se mêlaient magnifiquement pour se fondre dans la Fernbank Forest.

L'offre était alléchante, mais bientôt les chiffres commencèrent à défiler dans sa tête.

Bella n'avait rien rénové depuis les années 1980. Chauffage central et ventilation. Plomberie. Électricité. Enduits intérieurs. Tout était à changer. De même que les fenêtres. La toiture. Les gouttières. Sans compter les prises de bec à prévoir avec les Monuments historiques au sujet d'infimes détails architecturaux. Sans parler du temps qu'ils perdraient parce que Will tiendrait à se charger lui-même de tous les travaux. Ses rares soirées libres et ses longs week-ends oisifs allaient se muer en disputes à propos de couleurs de peinture et de fric.

De fric.

Le véritable obstacle, c'était ça. Sara avait beaucoup plus d'argent que Will. C'était déjà le cas pendant sa vie de femme mariée. Jamais elle n'oublierait la tête de Jeffrey la première fois qu'il avait vu le solde au bas de son compte en banque. Elle avait carrément entendu le couinement de ses testicules se rétractant à l'intérieur de son corps. Il avait fallu une sacrée force d'attraction pour les en faire ressortir.

— Bien entendu, disait Bella, je peux contribuer à toutes les taxes…

— Merci, commença Sara. C'est très généreux, mais…

— Ça pourrait être un cadeau de mariage. (Cathy s'assit à la table avec un sourire bienveillant.) Ce serait merveilleux, non ?

Sara secoua la tête, mais pas à l'intention de sa mère. Qu'est-ce qui la tracassait ? Pourquoi s'inquiétait-elle de la réaction qu'aurait Will ? Elle ignorait complètement de quels moyens financiers il disposait. Il payait tout en espèces. Que ce soit parce qu'il ne se fiait pas aux cartes de crédit ou parce que la sienne était bloquée, c'était là un autre des sujets qu'ils n'abordaient pas.

— Qu'est-ce que c'était ? (Bella tendait l'oreille, la tête penchée de côté.) Vous n'avez rien entendu, vous ? Comme des pétards ? Ou va savoir quoi ?

Cathy poursuivit sans l'écouter.

— Will et toi pourrez vous installer ici. Et ta sœur, prendre l'appartement au-dessus du garage.

Sara vit le couperet finir de s'abattre. Sa mère ne cherchait pas seulement à gérer sa vie. Elle essayait de mettre Tessa dans le coup pour faire bonne mesure.

— Je ne pense pas que Tessa ait envie de

vivre une fois de plus au-dessus d'un garage, dit Sara.

— Ce n'est pas dans une case en torchis qu'elle habite en ce moment ?

— Tais-toi, Sissy, dit Cathy avant de demander à Sara : Tu as parlé à Tessa d'un éventuel retour ?

— Pas vraiment, mentit Sara.

Le couple de sa petite sœur était en train de sombrer. Les deux sœurs communiquaient par Skype deux fois par jour, bien que Tessa vive en Afrique du Sud.

— Maman, oublie ça. On n'est plus dans les années 1950. J'ai de quoi payer mes factures. Ma retraite est assurée. Je n'ai pas besoin d'être juridiquement liée à un homme. Je peux assurer moi-même ma subsistance.

La mine de Cathy réfrigéra la température de la pièce.

— Si tu penses que le mariage sert à ça, je n'ai rien à ajouter. (Elle recula sa chaise, se leva et retourna à la cuisinière.) Dis à Will d'aller se laver pour le déjeuner.

Sara ferma les yeux pour éviter de les lever au ciel.

Elle se mit debout et quitta la cuisine.

L'écho de ses pas résonna dans le gigantesque salon tandis qu'elle contournait le tapis oriental ancien. Elle s'arrêta devant la première porte-fenêtre, posa le front contre la vitre. Will rentrait joyeusement la tondeuse à gazon à l'intérieur de l'appentis. Le jardin était splendide. Il avait même taillé les buis en rectangles bien nets. Les bordures étaient d'une précision chirurgicale.

Que dirait-il d'une baraque à retaper de 2,5 millions de dollars ?

Sara n'était même pas sûre elle-même de vouloir endosser une responsabilité aussi énorme. Elle avait passé les premières années de son mariage à rénover sa minuscule maisonnette Craftsman avec Jeffrey. Elle gardait un souvenir aigu de l'épuisement physique qui suivait l'arrachage des papiers peints ou la peinture des balustres de l'escalier, et de la torture mentale qu'était la certitude qu'il lui suffirait de signer un chèque pour que quelqu'un d'autre s'en charge. Mais son mari était quelqu'un de têtu, très têtu.

Son mari.

C'était la troisième récrimination qu'avait formulée sa mère dans la cuisine : Sara aimait-elle Will autant qu'elle avait aimé Jeffrey ? si oui pourquoi ne l'épousait-elle pas ? si non pourquoi perdait-elle ainsi son temps ?

Questions toutes pertinentes, mais qui la

poussaient dans une spirale de procrastination puisqu'elle se promettait d'y réfléchir le lendemain.

Elle poussa la porte et un mur de chaleur lui tomba sur les épaules. L'épaisse humidité donnait l'impression que l'air transpirait. Elle retira pourtant l'élastique qui retenait ses cheveux. La couche supplémentaire qui lui tomba sur la nuque était pareille à une manique au sortir du four. Mis à part l'odeur d'herbe fraîchement coupée, elle aurait aussi bien pu s'avancer dans un bain de vapeur, songea Sara. Elle gravit la pente d'un pas lourd. Ses baskets dérapaient sur le gravier. Des insectes se pressaient tout près de son visage. Elle les chassa d'un revers de main en se dirigeant vers ce que Bella appelait l'appentis et qui était en réalité une ex-écurie pouvant accueillir un équipage de voiture et deux chevaux, aujourd'hui dallée de basalte.

La porte était ouverte et Will se tenait au milieu de l'appentis. Les mains à plat sur l'établi, il regardait par la fenêtre. Son immobilité était telle que Sara se demanda si elle devait l'interrompre. Quelque chose le tracassait depuis deux mois, qu'elle sentait s'immiscer dans presque tous les domaines de leur vie. Elle l'avait questionné là-dessus. Elle lui avait ménagé de la place pour qu'il puisse y réfléchir. Elle avait tenté de lui changer les idées en faisant l'amour. Il répétait qu'il allait bien, mais elle le surprenait ensuite dans la posture où il était en cet instant même : en train de regarder par une fenêtre avec un air affligé.

Sara s'éclaircit la gorge.

Will se retourna. Il avait changé de chemise, mais la chaleur lui plaquait déjà le tissu sur le torse. Des brins d'herbe restaient collés sur ses jambes musculeuses. Il était tout en longueur, mince, et le sourire qu'il lui adressa lui fit provisoirement oublier jusqu'au dernier des problèmes qu'elle avait avec lui.

— C'est l'heure du déjeuner ? demanda-t-il.

Elle consulta sa montre.

— Il est 13 h 46. On a exactement quatorze minutes de calme avant la tempête.

Le sourire de Will s'élargit.

— Tu as vu cet appentis ? Vraiment vu, je veux dire ?

Will était visiblement enthousiasmé.

Il montra du doigt un espace cloisonné, au fond.

— Il y a un urinoir, là derrière. Un véritable urinoir qui fonctionne. C'est pas génial, ça ?

— Dingue, marmonna-t-elle d'un ton qui n'avait rien d'impressionné.

— Regarde un peu comme ces poutres sont costaudes.

Avec son mètre quatre-vingt-dix, Will était assez grand pour en empoigner une et faire quelques tractions avec.

— Et regarde là-bas. C'est une vieille télé, mais elle marche. Et il y a un réfrigérateur et un four à micro-ondes à l'endroit où on devait mettre les chevaux, j'imagine.

Sara sentit un sourire lui retrousser les commissures des lèvres. En parfait citadin, Will ne savait pas qu'on appelait ça une stalle.

— Et le canapé sent un peu le moisi, mais il est vraiment confortable.

Il se laissa tomber sur le canapé en cuir crevé, l'entraînant avec lui.

— C'est super comme endroit, hein ?

Le tourbillon de poussière la fit tousser. Elle tenta de ne pas faire de rapprochement entre la pile des vieux *Playboy* de son oncle et le canapé grinçant.

— On peut emménager ici ? demanda Will. Je ne plaisante qu'à moitié.

Sara se mordilla la lèvre. Elle n'avait pas envie qu'il plaisante. Elle avait envie qu'il lui dise de quoi il avait envie.

— Regarde, une guitare.

Il attrapa l'instrument et régla la tension

des cordes. Après quelques grattouillis, il commença à émettre des sons reconnaissables. Puis en fit une chanson.

Sara éprouva le vif frisson de surprise qui survenait chaque fois qu'elle découvrait quelque chose de nouveau chez lui.

Will fredonna le début du morceau de Bruce Springsteen intitulé *I'm on Fire*.

Il s'interrompit.

— C'est plutôt cru, hein ? « *Hey little girl is your daddy home* ? »

— Pourquoi pas « *Girl, You'll Be a Woman Soon* » ? Ou « *Don't Stand so Close to Me* » ? Ou le tout début de « *Sara Smile* » ?

— Mince, fit Will en pinçant les cordes. Hall & Oates, rien que ça !

— Panic ! at the Disco en a fait une meilleure version.

Elle regarda les longs doigts de Will se déplacer sur les cordes. Elle adorait ses mains.

— Quand est-ce que tu as appris à jouer de la guitare ?

— Au lycée. J'ai appris tout seul. (Il lui adressa un regard penaud.) Tous les trucs idiots qu'un mec de seize ans est capable de faire pour impressionner une fille de seize ans, je sais les faire.

Elle éclata de rire, ce n'était pas difficile à imaginer.

— Tu avais une spécialité ?

— Tu m'étonnes, répondit-il sans cesser de gratter des accords. J'imitais la voix de Pee-wee Herman. Je savais faire un flip en skate. Je connaissais toutes les paroles de *Thriller.* Si tu m'avais vu avec mon jean décoloré à l'eau de Javel et mon blouson Nember's Only.

— « Nember » quoi ?

— Une marque de magasin à prix unique. Je n'ai jamais dit que j'étais milliardaire.

Il regarda Sara, visiblement content de la voir rire. Puis il hocha la tête dans sa direction et demanda :

— Qu'est-ce qui se passe dans ce crâne-là ?

Sara sentit revenir son envie de pleurer. Une vague d'amour la submergea. Il était toujours au diapason des sentiments qu'elle éprouvait. Elle avait tellement envie qu'en retour il accepte comme normal qu'elle comprenne ce qu'il éprouvait.

Will posa la guitare, tendit la main vers elle et, du pouce, effaça le pli soucieux qui lui barrait le front.

— Là, c'est mieux.

Sara l'embrassa. D'un vrai baiser. Ça, c'était

toujours facile. Elle fit courir ses doigts dans les cheveux trempés de sueur de Will. Il lui posa un baiser dans le cou, puis plus bas. Elle se cambra pour l'étreindre plus étroitement, ferma les yeux et laissa la bouche et les mains de Will apaiser tous ses doutes.

Ils ne s'arrêtèrent que parce qu'une violente secousse fit soudain tressauter le canapé.

— C'était quoi, ça ? s'écria Sara.

Will ne sortit pas la vanne de mise, comme quoi il était capable de faire trembler la terre. Il regarda sous le canapé. Se leva et vérifia les poutres du plafond, toquant du doigt le bois durci par les ans.

— Tu te rappelles ce tremblement de terre dans l'Alabama il y a quelques années de ça ? Ça avait fait la même chose, mais plus fort.

Sara remit ses vêtements en place.

— Le country club organise des feux d'artifice. Ils sont peut-être en train d'en tester un nouveau ?

— En plein jour ?

Will semblait dubitatif. Il attrapa son téléphone sur l'établi. Il n'y avait aucune alerte.

Il fit défiler ses messages, puis passa un appel. Puis un autre. Puis essaya un troisième numéro. Sara attendait, interrogative, mais Will finit par secouer la tête, lui tendant le téléphone pour qu'elle entende le message enregistré disant que toutes les lignes étaient occupées.

Elle remarqua l'heure dans l'angle de l'écran.

13 h 51.

— Emory a une sirène pour les alertes d'urgence. Elle se déclenche quand une catastrophe natur…

Une nouvelle secousse ébranla violemment le sol. Sara dut s'appuyer contre le canapé avant de pouvoir suivre Will dans le jardin.

Il regardait le ciel. Une colonne de fumée noire s'élevait derrière la ligne des arbres. Sara connaissait parfaitement le campus d'Emory University.

Quinze mille étudiants.

Six mille enseignants ou administratifs.

Deux explosions qui avaient ébranlé le sol.

— On y va.

Will courut en direction de la voiture. Il était agent au sein du GBI, le Bureau d'investigation de Géorgie. Sara était médecin. Ils n'avaient pas besoin de discuter pour savoir ce qu'ils avaient à faire.

— Sara ? lança Cathy depuis la porte de derrière. Tu as entendu ça ?

— Ça vient d'Emory.

Sara courut prendre ses clés de voiture à

l'intérieur de la maison. Les pensées tourbillonnaient dans sa tête. Le campus urbain se déployait sur trois cents hectares. Hôpital universitaire d'Emory. Hôpital pour enfants Egleston. Centre de contrôle des maladies. Institut national de santé publique. Centre national Yerkes de recherche sur les primates. Institut Winship du cancer. Laboratoires gouvernementaux. Pathogènes. Virus. *Attentat terroriste ? Fusillade d'établissement scolaire ? Tireur isolé ?*

— Ça pourrait être la banque, suggéra Cathy. Il y a déjà eu des cambrioleurs qui ont essayé de faire sauter la prison.

Martin Novak. Sara savait qu'une rencontre importante se déroulait en ville, mais le prisonnier était détenu à l'abri dans une maison loin de la ville.

— En tout cas, dit Bella, les nouvelles n'en parlent pas encore. (Elle avait allumé le téléviseur de la cuisine.) J'ai l'ancien fusil de Buddy quelque part dans la maison.

Sara trouva ses clés dans son sac.

— Restez à l'intérieur.

Elle prit la main de sa mère, la serra fort.

— Appelle papa et Tessa et dis-leur que vous êtes en sécurité.

Elle attacha ses cheveux tout en se dirigeant vers la porte. Se figea avant de l'atteindre.

De même que sa mère et sa tante.

La plainte grave, lugubre, de la sirène emplit l'air.

Composé et édité par HarperCollins France.

Achevé d'imprimer en décembre 2019.

CPi
BLACK PRINT

Barcelone

Dépôt légal : janvier 2020.

MIXTE
Papier issu de sources responsables
FSC® C108412

Pour limiter l'empreinte environnementale de ses livres, HarperCollins France s'engage à n'utiliser que du papier fabriqué à partir de bois provenant de forêts gérées durablement et de manière responsable.

Imprimé en Espagne.